长安文心书系

我们在大地上只过一生

范超 著

陕西新华出版传媒集团
陕西人民出版社

图书在版编目(CIP)数据

我们在大地上只过一生 / 范超著. —西安: 陕西人民出版社, 2020.12

ISBN 978-7-224-13620-3

Ⅰ. ①我… Ⅱ. ①范… Ⅲ. ①散文集—中国—当代
Ⅳ. ①I267

中国版本图书馆 CIP 数据核字(2020)第 089880 号

主　　编: 宋亚萍
策　　划: 张孔明
责任编辑: 姜一慧
整体设计: 杨亚强
绘画导师: 曹　刚
绘　　画: 蒋懿琰

我们在大地上只过一生

WOMEN ZAI DADI SHANG ZHI GUO YISHENG

作　　者　范　超
出版发行　陕西新华出版传媒集团　陕西人民出版社
　　　　　(西安市北大街 147 号　邮编:710003)
印　　刷　西安市建明工贸有限责任公司
开　　本　889mm×1194mm　1/32
印　　张　6.25
字　　数　150 千字
版　　次　2020 年 12 月第 1 版
印　　次　2020 年 12 月第 1 次印刷
书　　号　ISBN 978-7-224-13620-3
定　　价　42.00 元

目录

关中道上旧街巷

关中道上的村子，命名没有什么规律，似乎先人很轻松地就撷来两个或三四个字凑合在一起，被外人挂在口头，村里人也就一辈辈地活下来，繁衍生息之余，无人追问。这村就如此，村名儿虽然整天叫着，却写不出来，代替的字也没有，显然是方言将字叫离了调，大家索性也就将错就错了。

这村显然是大村，人多，房也就多，最高等的建筑是厦子房，其次是厢房，并不规矩地排列着，这里隐没那里现出地挨了去。庄子多是细瘦窄长的，盖过厢房后，院中就只剩下人走的路儿，架子车绕不过去。那房多是许多年前盖下的，几辈子就一直住在里面，全托了庄基房顶上那些古老的秦砖汉瓦的质地好，房便像巨人一样挺立于世。房脊红火一阵后，终究会被残暴的风雨削平为光秃，只剩下些渣滓许久许久遗在南坡北坡上，没有人去清除。年月久了，厦子房墙面上的泥土也禁不住风吹雨打，泥皮一块一块地剥掉，露出里面竖放平铺的胡基。低飞的麻雀从树杈上看见了，飞过去瞧瞧，觉得的确是一个避风躲雨的好去处，便在村前村后飞来飞去，衔来柴火棒棒、棉花絮絮、细叶末末，放于墙缝中，铺平垫好，一个家就算安成了，正可以住在里面生儿育女过小日子去。只是经常可以看见窝下的地面上多了白腻腻的鸟屎，雨冲得时间久了，炸红太阳一晒，变成了白色印迹，死死地粘在地面上，抹杀不去。气候太湿润了，墙角、地面背阴处长满了黑绿苔衣，秦砖汉瓦上也密布了一层，手抠不下来，须用小铲儿去刮，方才见效，但再有闲人在，也懒得去管这等破事，所以这种景象也就年年遗留了下来，直到房子坍塌，再去附庸其他。

厦房、院墙前必定会有门楼，这是本地的乡俗。门楼修得体面与否，外乡人一看便知，此屋主妇料理家务如何，此家男人治家本事如何，此院生活状况如何，就都掌握得一清二楚。因此，修门楼都是请十里八乡有名的工匠来，做得棱是棱、角是角，一块烂瓦片也会寻个适当位置补上去，爱好了还会写上几个字儿，画上画儿，增光添彩儿。也是为图个吉利，有的门楼前会蹲两只石狮子，那多是有钱人家，没钱的贫汉见状也不含糊，用大石料造个粗笨的大物件来，翻个滚儿镇在门口，定住庭院安宁，以求富贵瑞祥。时长岁远，门楼上落了些土，便会长出一抓一抓墨绿的野酸酸来，常有口馋的小子沿梯爬上去，摘下几束来，送入口中，嚼得龇牙咧嘴。

院墙是用就地挖取的黄土筑的，四个典型的壮汉脱了上衣，露出精赤的古铜色的上身来，等到帮工往特制的木框里丢满土后，四人便跳上去，先用平底石锤将土抻平，再换用尖底石锤，抡起一样高，以同样的速度、同样的力气砧下去，每砧一下，土里就多一个窝儿。同时，这些人的喉咙里，发出一阵奇异的“嘿嘿”声，这种节奏越来越震耳，和着铁锤阵阵落下，融入黄土中去，融到几千年秦汉唐宋史地中去。那筑墙的多是吃过大老碗厚面的乡民，墙筑得结实，成年累月的便用了去，围住小院里的一户户人家。但风雨无情，多少年过去，院墙和厦子房墙面遭遇同样的命运。墙上渐渐往下掉土，墙的身板就不再像先前那样厚实了，越来越薄。墙上会裂开缝，鸟或风送来的一些植物种子，在一阵风雨里泡胀，扎根发芽，密密麻麻地长起来，也算给小院添上了一道奇景。夏末秋初，主人就会上去用镰刀割了，铡碎后混上麦麸，掺水拌了，倒入食槽中去，够得牛马吃上几天。

街道挺窄的，道边树旁，堆满玉米秆、麦秸集，有了闲婆娘趁一日晴阳，便抱了湿柴铺在路上让人走，牛走，车走，踏出水分，好让日头晒干。但又时常会忘了收回，下雨天就惹了麻烦，谁家穿了低胶鞋的孩子出来，刚踩上就情知不好，“扑踏”一声鞋里便灌满泥浆，孩子往出硬拔时，就倒在泥水里，吱哇吱哇哭着挪回去。不时便有了一中年汉子出来，一中年妇女跟在身后，指桑骂槐，替儿出气，一场纷争就这样挑起来，双方都不示弱，在雨中打得风飘雨散。各家屋里的大小人等都出来，一阵的拉劝方才歇息。自此两家便结下冤仇，即便庄户房屋，头挨屁股，也不往来，当街碰见了，实在绕不开，就朝天吐唾沫。只可惜了街道，从此再无干净之时，也难怪了两旁树木高耸，便整日湿湿的，人走不过去，鸡狗照旧跑来跑去。谁家的猪似乎挺高兴，挣脱缰绳跑出来，躺在泥水中，扑腾上半天，最后安稳而睡，懒洋洋地把整个身子亮给太阳看，两排奶头露出来，一群黑的、白的、花的猪崽欢实跑来，趴在泥水中，凉凉地吸着奶汁，倒也惬意红火。

村中间有一棵大树，是笨槐，不是洋槐，虽然每年也开些小白花骨朵串儿，却吃不得。树有三根大枝，两枝端向上，一枝斜伸过来，枝上又分开许多小股，再添些叶子，稠密得夏天也看不见日头。吃晌午饭时，树下围一圈人，有人爱出汗，正好可以借着凉风舒坦一下。女人们裤管都挽上去老高，穿着短袖衫，胸前忽闪着院里院外忙活。孩子们只穿了裤衩，满街道里跑，热了就喝凉开水，更热时就泡到水库里去，往往会使水平面高出几寸。

夜来，孩子们折腾得更是热闹，只差没上天摘星星。有了老婆婆，与小孙子端了椅子去树下坐着，孙子挺淘气，爬上树去拿挂在叶梢的月亮，上到顶了却总是够不着，很丧气地摆弄着树叶儿乱动，回头再看时，那月亮早变成碎块，在空中灿灿地晃成无数烂银。孩子伤心地溜下树，告诉白发婆婆，婆说，你不要淘气，月亮喜欢规矩的孩子，末了就朝天上指指，果然月亮依旧还在天上。孩子高兴了，满街巷跑去，说自己是诚实的娃娃。多年以后，婆婆去世了，而那个孩子始终记得那句话，并且说自己并不怎么喜欢月亮，只将一面给人看，另一面是什么样子，谁都不知道。于是就只能写这篇文章来追忆一些知道的琐事儿。

我们村里老冬天

村里多的是椿树，落了早霜后，叶子都被打蔫了，卷起来，风吹过，零零散散就离了树枝，更有急性子人，手摇脚踹，叶子就都无奈地“哗哗”落下。这时，院里就会走出勤快的少妇来，拿了大扫帚，一下一下地扫，嘴里边小声地哼着歌，那歌是她做女子时常唱的：“椿叶子，从绿到黄；小女子，坐在绣房，绣一对枕头量了又量，这边枕我，那边枕郎。”不觉笑了，忙将椿叶扫堆，压入笼中，提到灶下去当柴烧。树于是便都光着身子，将秃秃的树枝戳到了天上，在一阵紧似一阵的风中，被抽打着，作了萧瑟的颤音，告诉着人们丰实的秋天已经远去，漫长而乏味的冬天来临了。

村道里的人影骤然少了，乡民们挂上了农具，任凭空中风声紧迫，整日整日地或是待在屋里，躺在炕头，或是蹲在院落台阶上抽旱烟，歇息攒劲，偶然出来溜达，亦是穿了臃肿的棉衣，披上了老羊皮袄，头缩手搓地望一下风，迅速闪回，心安理得地过他们的冬天。女人们一年四季都手脚不停，做永远都做不完的家务活儿，现在依然如故，白日里洗衣做饭、喂猪饮牛、扫地垫圈、打水磨面，晚上还要纳鞋底儿、纺棉纺线，屋外风吼，屋内纫针“吱溜吱溜”，纺车嗡嗡，但煤油灯捻子却渐渐地瞎了，女人就揉揉酸困的双眼，打个哈欠，伸伸懒腰，吹灭灯。街巷里谁家的狗“汪汪”地一阵猛叫猛咬，之后一片静寂，将冬夜挨到天明。

公鸡也很是怕冷，太阳也不早出来，所以乡民起得很迟。屋外前日放的水冻结成了冰，淘气孩子打下一块儿来，拿在手中，用一根竹筒对在冰面上，往里吹气，不大一会儿，冰上就现出小洞来，孩子用绳拴了，提着，嘻嘻地笑。下雪是常有的事，多是夜里下，让人不觉不察，朝起大吃一惊。勤快的婆娘不以为然，懒散的婆娘却不住地唠叨，面为说虚，实为表功，什么柴火没抱够啦，什么院里东西没收拾啦，言她昨日只顾干活，数落男人昏头昏脑，游手好闲，什么也不管，听者却只是一笑了之。有了老头，坐在烙炕上，头戴小儿子给买的火车头棉帽，将方格窗户启开小小一条缝，眯眼瞧外面的飞雪，念叨着：“庄稼汉要吃面，九九雪不断，这雪下到点点上了。”旁边正给小儿子过年娶媳妇预备窗花的老婆子，放下剪刀，朝手上哈着热气，问：“交四九了吧？”老汉“嗯”了一声，老婆子重新操起大剪刀，边剪边顺嘴说起那首古老的乡谣：“……三九三，冻破砖；四九半，冻了锅里饭……”

村道里男娃女娃多了起来，孩子们铲雪堆雪人，热情空前高涨。鸡“咯咯”叫着在雪里觅食，踏一朵朵梅花。狗欢快地蹦着，四点儿印得满地都是。麻雀飞来，在雪人的帽子上蹭蹭嘴、踢踢脚，好奇地看一阵儿，被雪人掉下的泪吓走。树枝上堆满了雪，风吹时点点散花。有一调皮男生，见树下女生围满，蹑手蹑脚至树后猛踢一下树干，女生警觉，想跑未跑，雪已洋洋洒洒飘下，掉到女孩的脖颈上，粘在头发尖上，冰一下又晶亮亮地闪。女生们惊诧欢叫，撵着使坏的那个男生满街巷跑，捏起雪团，诱发一场雪仗，只将一串串笑声给了依旧灰蒙蒙遥不可测的天空。仗打完了，人也跑热了，就去摘那屋檐上或麦秸垛上坚硬的冰锥，放到嘴里，咯嘣咯嘣嚼得脆响。雪渐停了，各家开始了清扫，用架子车拉了院里的雪块，倒入土壕，雪便不再纯白，什么杂质都有了。少妇穿着新棉袄，围了红红的头巾，亦那么轻轻地扫，不大工夫，俊秀的脸上、小巧的鼻翼就沁出一层一层细密的小水珠来。男人看见了，过来心疼地夺去扫帚，只将新媳妇往回推，旁边就有了俏皮的小伙丢过来一句怪话，惹得众人哈哈笑起，那少妇也噘嘴笑嗔小伙一眼，闪进屋去。不久，各家屋顶上就不约而同蹿起了细烟，烟囱周围的雪即刻消融了许多，蒸气漫出窗去，檐上挂的老长的冰锥就滴滴掉水，在地上砸出一个个小窝。太阳出来时，所有的雪就都消融了，屋檐雪水落得很勤，院里、门前、街道都湿漉漉的，走不成了，这样会一直持续好多天。

后来，天渐渐暖和起来，背阴里吹着刀子风，向阳处太阳铺得满地都是。闷在屋里好久的老头老婆子相搀着走出来，去阳坡上晒暖暖，随行的往往还有一只狗或者猫，猫总会温柔地卧在主人的膝上腿上，“呼噜呼噜”地念经，狗却想走不想走的样子，跟着老主人，到了目的地，身子一歪，就躺下睡去。少妇在当院里的两棵树间绷起绳，抱出被褥来，搭上去，不到吃根烟的工夫，就晒得虚胀胀暖融融的了，有了小孩子，把头埋在被褥间，久久不出来。太阳禁不住午后冷，在天上跑得极快，顺人头顶转一圈，眨眼间就压在西山顶了。少妇放下手里的活计，从女人堆里出来收被褥，完了去抱麦秸和玉米秆，提回来塞进炕洞，开始点炕，左右手轮流着一阵猛扇，黑股股的烟就从另一头的出口以及炕的各个裂缝汩汩而出。前面的柴火燃尽了，就用烧火棍往里捅一下，再扇时，想起娘说过的顺口溜："小两口生得强，不置被褥光烧炕，烧得烙了睡不住，骨碌骨碌转个向。"刚想笑，却被浓烟呛了一口，剧烈地咳嗽一阵跑出院门，街道上已满是"避难"的人了。看着烟随风飘散，没了影踪，天渐渐就黑实了，家家户户都关了门，村落结束了一天的喧闹，沉寂地睡了去。

来来去去是陈年

大年三十的黄昏，多么美好的时刻呀！ 你在村道里疯耍，你已疯耍一年了，但似乎只有这个时刻的游玩是最尽兴的。 大人们都在忙碌，让他们忙碌去吧，让厨房里热气腾腾吧！ 你只等着父母的呼唤就行了。 等到你折回家中，母亲已把馍和菜做好了，父亲坐在炕上，已给自己倒了一盅酒，一仰脖儿喝下，并狠劲地咂着嘴巴笑。 电灯吊挂下来，灯光比以往任何时候都亮，把屋里的气氛搅得一团热。 母亲微笑着把一盘猪头肉和一盘炒莲菜端上来，叫着你们几个快来“抄碟子”。 菜是父亲腊月底从集镇上买的，母亲把莲菜叫作“窟窿菜”，一直叫了许多年，一直到许多年后，你还是不能顺利地把“窟窿菜”改叫莲菜，这是年留给你的记忆一例。 你吃饭时其实并不专心，你还惦念着新衣服和放炮。 你的妹妹已经等不及了，她躲在炕角里试穿新棉袄，撒满碎花的红棉袄。 漂亮的妹妹，她跟着你去门外放鞭炮，你点着炮捻的时候，她跑得远远的，捂着耳朵，躲在墙角或砖堆的后面，紧张地看，等炮“噼里啪啦”鸣响完毕，她拍着手钻出来，像个最美的精灵，笑声叠映着你的笑。

这一夜要到很晚，你们才能入睡，小手还紧抓着新衣衣角，紧抓不放。而在初一最早时，你们就会醒来，以极快的速度穿衣戴帽，以极快的速度去放第一响炮，争得头响炮，一年运气好啊！炮皮是不能清扫的，母亲说“水火不出门”，新年头一天，一切都要图个圆满，说话要说吉利话。你和妹妹被父亲带着，去给长辈们拜年，要祝长辈们长寿，要磕头，头要磕响，然后去领压岁钱。祖婆婆的毛毛钱藏在一层一层的手帕里，她慢慢地剥开手帕，取出已然揉得很皱的毛票来，几岁给几毛。一年到头，她省吃俭用，攒不下几个钱，她看见你一年年大了，她高兴给，尽管你的父亲一个劲儿地推辞，但她高兴给你，她看着你数钱的样子，老脸上堆满了欢喜。

正月初二要去舅家，母亲早就准备好了礼物，她蒸了两锅油包子，包子里油放得出奇的多，她要孝敬她的爹娘。父亲早早就给那辆加重自行车打足了气，他把你和妹妹驾到前梁上，母亲提着篮子坐在后座上，尽管村间道路坑坑洼洼，车载又重，但父亲骑得轻松自如，穿村过寨，十几里地根本不用歇。村道上人流往来穿梭，络绎不绝，当经过那些携儿带女步行走亲戚的人家时，你会骄傲地猛摁一阵自行车铃，吓那些孩子一跳，而你是一脸的坏笑。路边的麦苗儿黄中透绿，一路目送衣着新鲜的你们一家。在接下来的几天里，一样的情景会出现在村外的另几条路上，那是去你的姑家、姨家等等。他们是你的亲戚，他们会问你的年龄，等你上学了，他们会问你的学习成绩，他们会给你新衣里装满糖果，最重要的，他们还会给你钱，这一圈走下来，你收获颇丰呢！

走过亲戚后，锣鼓就响起来了，村里最壮的汉子，把生产队里最大的那一面鼓当街敲得震天响，他用足了猫了一冬的力气，在众人的簇拥下，把这种最简单的娱乐营造到了极致。你领着妹妹跟在人群后跑，偶尔还会甩放一个捡来的碎炮，让那些光顾着热闹的人大吃一惊。而热闹的还在后头，县剧团下乡的消息一传开，露天剧场一搭起，憋足了瘾的男女老少就把台子围了个里三层外三层，后面的要摞上三四条凳子才能看得真切，而如果周围有墙、有树、有建筑物时，你会发现，那树杈上、墙头上、房顶上立即到处都是挤得满满的人。他们姿态各异，歪七扭八，虽然个个看上去极不舒适，但都很能忍耐，三五个小时一动不动，这种功夫也堪称一绝。而你也是那其中的一个，有时候看到热闹处，前面的小孩会突然兴奋地站起，你也站起，你后面的人也跟着起立，秩序顿时大乱。管理人员会立即伸过一根竹竿来在你们头顶晃动，才将你们的头压下去。有时候会这样反复折腾，戏也就看得断断续续、不明不白，但那沉浸于其中的欢乐却是永难忘怀的。当压轴的大戏落幕，剧团撤离，年味也就慢慢淡了，门楣上红红的对联泛出黄来，地里黄黄的麦苗透出喜人的新绿来，父亲扛锄挑筐下地，他边走边唱：“秋燕去田间，手拿小铲，把呀把菜挖……”只有你还一个人坐在门墩上，回味过年的滋味儿。

就像现在一样，正月初八的黄昏，你携妻带子刚从乡间归来，年整个变成了忙碌的瞬间，你已不是小孩子了，前面的一切都成了回忆。美好的事物最后都会成为回忆。兄弟们各自成人，姐妹们均已出嫁，那个蕴蓄温馨的家又只剩下了父母两人，而父母已然苍老得让你忽然就会流泪了，他们还是舍不得吃穿，你给他们买的食物，他们留给了你的孩子，你给他们的零花钱，他们又转给了你的孩子，他们无欲无求，对周围的一切表情漠然，只关注和操心你的生活。你不知道说什么好了，对于年，你甚至产生了隆重的恐惧感，你真想拉住年的脚后跟，像小时候紧抓住过年的新衣一样，紧抓不放，让年不要走，让父母永远年轻、健康。小时候的大年三十夜，母亲会指着“窟窿菜”对你说，吃了“窟窿菜”，正月初一起的一年就完满了，那么让这种完满保持和继续，一年一年，父母永在，看着儿孙满堂，满面红光。

故乡空灵皆散去

我在睡梦里回到故乡，一切都是旧时模样，似乎什么都没有改变，人还是我小时候遇见的人，似乎有时候还有我离乡之后在外面遇见的人，一并在故乡的田路上走着，忙碌着，互相偶尔还说一下我。唯有我在距离他们不远的地方站着，孤独着，我和他们偶尔会说上几句话，他们却听不见似的，自顾自走着。是的，村子的格局还是那样，路还在，甚至墙皮上往下掉的那一块土，多少年了，一直还是掉的姿态，一直也没有掉到地上。墙角蹲着的那一只狗，一直就那么蹲着，舌头因为天热吐出来嘻哈乐着，好多年都没有收回去，看见我一直摇着的尾巴还在摇，前爪要往我身上搭，一直举着，表现着亲热。路上有杂物横陈，一朵野草花，寂寞地开了很多年，我曾经好奇地蹲在它跟前看过半天，看得它很不好意思，而我还能看见我一直蹲在那里看花的样子，很多年。一朵鸡屎，风雨冲刷了多少年，还赖在路上，不肯消失，想预伏在那里，等我经过时，滑倒我。村里一家一家的乡亲，挨着往过住着，一家一家的人都在，一家一家地往过数，没有谁离去和老去，人丁在那一刻持久兴旺着，温情永在。

村子的体热像刚烧开的水，像男女刚刚摩擦引逗起来的激情，蓬勃着，温暾着，含混着，躁动着，囫囵着，高潮着，没有任何散失，一切都还停留在那一刻，只限于那样一群人，和一些事。我见过的一群人，之前的不知道，之后的不认识。我的灵魂附着在那样的一群人、一些事、一群牲畜、一个村子上。

不知道的前辈们，已然完成了他们的一生，次第离开，我和同样的我辈被安排在某个节令接连出场。从那个时刻注定，我从此所遇见的、记住的和发生关系的就永是这样的人，他们形成三个圈层，最里的有十个人，中间有三十个人，最外有六十个人，我一生遇见了那么多的人，但是末了，最多也超不过这一百个人，能和我同行一程。我被安排在一个屋子里的炕上睡着，一个院子里坐着，一个门槛上看外头，一块地里跟着流汗，一条或者几条路上走着，一个小学校里念书学习。一群人，我管他们叫这叫那，我被置放于这个村子，而不是另外一个村子，我的所有快乐幸福忧伤都与它有关了。我的灵魂永远以村庄的形式发散和集合，表现着，充斥着，挤对着，剥离着，组合着，这些词语都已不再诞生于大地，我试图寻找最贴切的土话，可是没有，它们印证着我灵魂的发散。犁地时翻起的一片油土，点草时呛着的一片云彩，还有被我的尿味熏臭的经过村子的一缕风，它们都是我的魂灵。当我离开，注定有最主要的一块没有跟上来，它们与我分别，决裂，只在哪儿等着我回头时相认。我的所有的遗憾都是因为它们而生，我注定有很多愿望无法实现，我的许多地方都有欠缺，我知道是什么造成了这种欠缺，因此当那么多成功的人从我面前招摇而过，我并不羡慕，我知道我有许多力气没有使出来。故地的磁性太大，它们被牢牢摁在了那里，就像我很多年前摁进墙里的一个图钉，很多年后我回去，它还在那里坚守着一样。这种磁性有着自己的水土，有着自己的性格，它影响着我的魂灵，影响着被我的魂灵放出来的我的言行方式，它知道我能走出去多远，它知道我的劲儿能使多大多足，它能看清楚我的进度和成就，而我一直被蒙在鼓里。所有往前奔的人，因为一直被鼓噪着，所以也就一直都被蒙在鼓里，他们其实只是被一支小分队照养着，他们是残缺的，在这小部分灵魂疏忽或者无暇时刻照顾到时，他们就灵魂出窍，做出许多连他们自己也没有想明白的事情。没有谁，会完整告诉他们这一切，和为什么会发生这一切。

没有谁来说破，因为，事实上村子一直都在变化，我的魂灵和我的行止本身已然无法合拍，已然疏离太久。我们早已没有了共同的语言。村子里那些知道真相的人们，事实上正在次第老去，离开，只是我不愿意相信。事实上我怎么能没有听说，谁谁突然口眼㖞斜，谁谁突然腰里就别了个尿袋，谁谁死在了外面，或者谁谁把自己的一条腿留在了外面，还有我见过的那些个姑娘，还和我上过学的同桌的你啊，怎么突然就于半年前无钱医病去了，又怎么，要在灯红酒绿里悄悄做起了荒唐的妇人。这样的事情常常会从各个渠道贯穿我的耳膜，只是我太忙了，我太茫了，我也太盲了，我傻傻地以为眼前的一切都是重要的，这样的人命关天之事，在我看来都是轻飘的不值一提的，事实上我是真傻，事实上正是他们和她们的离去，带走了很多关于我的生命的信息。我的生命正是由于他们的存在而日渐茁壮和成熟的。我的呼吸中有着他们的呼吸，落在我身上的尘土也落在他们的身上，在一个阶段，我就和这样的人与物不可分割，而在我的幼年少年时代，这一切已然定性和定型，决定了我之后长长的一生。还有那些庄稼，那些牛羊，那一头猪，那一只狗，那一窝蚂蚁，那一面蜘蛛网，那只燕子，那只家雀，那些围绕在早年的我的身旁的一切一切，它们的衰老，离去，都带走了我的一部分信息。在我年幼之时，这些信息丰富，饱满，充实，它们流散在这些和我相关的物事身上、眼中、语言里，它们一起成为我的存在。当我离开，它们还在替我保存着这些信息，以便我有朝一日回来时复还给我。可是我一旦离开，就再也不会回来，我越走越远，我被某些东西牵系着越走越远，我在冥冥中知道那些东西有的并不是我的最爱，我明知道我为之劳神费心所得也或许寥寥，但是我还是被那些信息和画面牵系走了，无法自拔，魂不守舍，我或许也想过，那些信息并不能在我身上砸下深深的烙印，会一闪而逝，但我还是着迷不止。而那些留在老家的信息呢，除了偶尔会在暗夜里当我思谋起前路往事时，给我托个梦捎上几句话，再没有任何办法，把日渐壮实的我，日渐倔强的我，日渐牛烘烘又病恹恹的我拖回老家，它们在无望中离开，逝去，我的信息湮灭，或者随它们一起，散在村庄。

而今或者而后，当我回来，我的信息已然不认识我了，我不认识和不认识我的人们站在我的村子里。我不知道他们从何而来，怎么就这么迅速地占据了我的村庄，那些我熟识的人和物们都不在了。当然村子还在，大体的方位和格局还可辨认，但是村子里，已经换了下一拨人，我处身其中，觉得蛮横，粗暴，不舒服，觉得没有商量，可是商量又有什么用，我对这个村子起不到什么作用，就像在外面，事实上我对谁都不起作用，最终谁都改变不了什么。我看着他们，他们也在看着我，我和他们现在都是这个村子里的人，但是能够证明我是这个村子里的人这一身份的村人，事实上已经没有几个人了，就像我是一个长期的潜伏者，只和一个人秘密联系接头，而这个人突然就消失或者牺牲了，我再也不会和组织取得联系。我成了一个黑暗者。事实上这么多年我也只和村子里的一两个人保持着联系，而这一两个人一旦故去，我怎么能再互通有无啊，一切最终注定无可避免地要两不相干了。我在这里感到了恐慌，感到了陌生。我忽然就觉得，这个村子和我所见过的村子渐渐沦为一类了，我和它的情分逐渐消散。我走过的路上，走着另一些人，我下过的水渠里，淌着另一汪黄水，我老屋的底滩上，如今睡着另外一对夫妻。而我当年离开时，还捏揣过那个鼻涕孩子的牛牛，当时他的爷爷抱着他说，不敢动娃牛牛，气死了日后就找不下媳妇了，而今，他已经生下了一双儿女，而他的父亲已然去世，他的爷爷，早已成了苹果树上的一片叶子。村子里都是这下一辈人了，我的信息对于他们来说，已经无限生疏，这是他们的世事，他们被安排在一切程序中，我的闯入多少有些多余，我的闯入竟然让一切都感觉到了不自在，那只被拴着的狗急于想挣脱缰绳扑扑地要来咬我，我实在想不起来和它或者它的前辈有过什么过节儿，我总是对这样不知好歹的狗腿子无限宽容。而另一只狗支起后腿正朝墙角准备狠狠扫射一下，看见我过来，突然夹住了尿，扬起的那条腿半天没有退下来，我看着它好笑的样子，就想一辈又一辈中，总有这样始终不能独立的狗腿子，我说你赶快尿吧尿吧，我又不是得志猖狂的小人，还把你吓成这了，放轻松些，千万不敢憋着，憋出个前列腺可咋办呀。牛眼里满是警惕，停止了嚼草，瞪着大眼死死地盯我。一只草鸡咕叽挤下一摊绿屎，回头疑惑地看我，又看看旁边的公鸡，公鸡咯咯还叫了两声，瞅瞅我，疑惑地朝草鸡摇了摇厚红的冠子，这是个名人么，咱这鸡眼，没见过！ 麻雀叽叽喳喳乱议论着飞过，燕子俯冲时偷瞄一下。 树已经不老了，新一茬的树我没有上过，也没有修理过，没有肌肤之亲。 村子里新一辈女子们蓬勃着长起来了，她们屁股浑圆，奶头硕挺，但是她们再也不会走进我的梦境，我再也不会想念她们，我和她们之间不会发生感情，我爱过的女孩们和她们的奶头、屁股、容颜以及心事，已经老在另外的村庄。 我的到来在这个村庄引起了一阵喧哗，但是很快平息。 我改变不了什么，他们已经有他们这一辈人的偶像、榜样、故事和信息，我甚至只比那些进到村子里卖菜的、修理日用器具的、乞讨的等等的人们强上那么一点点。 我一闪而逝，我所有的能耐在这里不起作用，我所有的光环离开某一种氛围立即黯淡。 我在村子里找不到归宿和安妥，我已经被这个村子涤除在外。 我已经被这个完整的世界涤除。 我永远找不到我的信息，我也永远同外面的信息隔膜，各种各样的信息对我都没有长久的用处，我就这样成了一个游子，孤魂，野人，浪荡在村庄之外和世界之外。 我所做的事情在当时关键至极，到最后却都无关紧要，很小的一股风都会把它吹起来，晃晃悠悠，上下千百年，随手一抓就是一大把，而我，即便变成一缕风，也再不会和我的遗爱重逢。

万代都在虫鸣中

秋夜里每晚都能听见虫鸣，轰轰烈烈，无边无涯，没有人知道数量有多少，没有人知道他们藏身何处，没有人清楚他们为什么鸣叫，但是同样也没有人能够阻挡他们鸣叫，为什么不能鸣叫？ 总有那么几个声音跑到最前头来，显得很是清晰，或者他们之间有个分工，有个轮回，但是声音有高低，有软硬，分得很是细致和明确。 白天呢，他们肯定也在叫唤，可是白天太吵，他们的表达太弱，他们很不容易为我所听到。 那么在夜晚，在一切都沉寂时，听见虫鸣，心里震撼着，安静着，他们说着什么，我不一定懂。 可是我大致还是能猜来的。 绿满阶前的茅草，被几个人拔除了，运走了，虫儿们晚上没了庇护，这是今天最大的新闻。 他们看见一个幼童，他背着新的书包，小嘴巴里念叨着“啊喔鹅”等等，很是认真呢，他还想着他的老朋友、新同学，有时候又一个人在哪儿发半天呆。 他看见这孩子的父亲，站在窗前凝思，他是突然就被通知考察提拔，他从来不愿意多说的，只是多做的。 这几年他受了多少委屈，他都淡定着熬煎过来，初闻时他心里有那么一点小激动，但是很快他就克制住了自己，他把这样一个宝窝藏着，这个宝把自己的心胸撑得很满，但是他不能让它出来。事情没有眉目是一定要捂住的，他已然如惊弓之鸟，变数太多，常会使人害怕，他经历过那么多苦难，这些已经使他不再能够轻易就膨胀起来。他想这些追逐有时候有什么用，可是不追求这些，又有什么意思。这感觉就跟梦幻一样。压着，压着，不必太过声张，但不管怎样，这都是重要一步，想想多年前，自己可都啥也不是啊。可是，可是，这又有那么重要吗，他要把自己立即虚空下来，听听这虫声。

虫声在一寸一寸、一里一里地蔓延、伸展，遇过道路扑过去，遇过河流扑过去，遇过一切障碍物都会跨过去，虫声无所畏惧，无所担忧。大地在震颤，在模糊，在寂静。它有着颜色，有着气场。它躲在暗处。它织就一张巨大的网，什么都能装进去。这和我白天所看到的城市里的人流车叫没有区别，和我白天里看到的网络留言没有区别，这是一个多么可怕的时空，但比起那些白日里的烦乱，我还是愿意倾听这些虫声，一个人在最深的夜里，伫立窗前，听这些虫声在窗外轰鸣。我看见不远处那些工地，灯光闪烁，黑影笼罩，整个框架犹如墓园，这些让我不寒而栗。我就闭上眼睛，让虫鸣灌进，如同听着轻音乐，可以催眠。它们再大的轰鸣，虽然比不上一声电钻，一声切割，一声打桩，一声拆卸，一声喇叭的尖叫，却比这诸种噪音优雅。在这样的时刻，虫鸣陪伴我。我的内心有一些声响在和它呼应，我的身体里住着很多人，各种各样，古今中外，也住着各种声音，耳鸣，心律，手语，脚步声，等等，这些东西平时都疏于倾听和沟通了，在这夜里，我听见了很多。白天也没有闲暇听自己，在这夜里，我自己内心里好多东西都在说话。他们逼迫鼓噪着自己，在这个世界里发出声响来，制造出动静来，我想我慢慢不担心前面有老虎，不忧烦后面有狼了。我要让自己强大起来。就像那挑头的虫鸣一样，影响穿透一整夜，波及一万里。我看见那无边的草野，我的庄稼地，我的村庄，我的中国，都在这一片虫声里。我看见二十年前的自己，看见三十年前的自己，看见那个时候自己周遭的一切，我看见一百年前、一千年前和一万年前的自己，处身在一片虫鸣里。我在其中试图也想叫上一两声，却半天张不开嘴，这时也没有谁鼓励和关注你，可是你还是想唱，又鼓上半天劲，最后你细细地出了一点声，赶快又瞅瞅周围，担心吵着别人没有，发现还是各忙各的，并没有人关注你，这时你的身心就慢慢放松了，你也试着说道上几句掺和上几句，这样你越说胆子越大，越说话越顺溜，直至最后，你甚至还跃跃地想成为那个领唱者，似乎还真让你捞着了几次机会，但是在这样庞大的洪流中，你的领唱有时候也不会成其为广泛的领唱，只是会成为你那个小区域小范围的强音，偶尔被轮回到正前方，还没渲染出多大动静，突然就又翻跌到低谷。你永远成不了最前沿，等到一个夜晚，又一个夜晚过去，虫声重新排列座次，一切都被迅即颠覆，最后或许还会有那么几个虫子，偶尔在一个瞬间场景中，在叫声间隙，回想起你还发过那么几声。

在这个夜里，当你想念故乡想念亲人，这些虫子是唯一的纽带，它们和老家的虫声连成一片，和老家亲人的鼾息连成一片。或许父母还会为失眠困扰，在最深的夜里睁大双眼，为身上的病痛轻轻哀叹几声，为远方的儿郎惦念多时。而后裹裹衣被，静听窗外虫声万丈。虫声万里，虫声万年。虫声永没有停止的意思，它们不求功，不图名，不为利。它们只是说说而已。也不知道它们有多少不平之事，多少快乐之事。今天听的鸣声，不知明天能不能听到，昨天欢叫的那一只，不知今天还在不在。这些叫声，漫过我的脚后跟，漫过我的小腿大腿，漫过我齐腰深，最后穿我而去，和星星连成一片，熠熠闪光。那是星星在叫，满地都是亮色，我看见一张张嘴都在发声，看不见脸庞和躯干，只看见嘴巴在翕张，在咕叽。虫声在扶摇，如大鸟羽翼鹏举，在天地间伸张，开合。或许有风，有气流，偶有阻隔，时断时续，光影或晦或明，但从来都不会有停的意思。如果是一个心浮气躁的人呢，刀抽不断，挥一下一点儿损伤都没有，水淹一下，亦是不起半点儿作用，放火烧吧，还是不见精简，即便四野干涸，还是有虫声如地水一样渗出来。这真是没有一点儿办法，你闭塞上耳朵，内心里却又爬满了虫子，它们和外面的虫声合为一片，你听到的只是噪音，到最后你自己只有缴械投降，在一场较量中彻底败下阵来，你痴痴地坐在那里，像一只发呆的虫子。你只有让自己温和下来，狂躁毫无用处。学会让自己慢下来，不然压力巨大，带来一身疱疹，时刻奇痒依然如不息的虫鸣。

在这样的夜里，你去看书，古今中外的书，那些字迹也似乎被唤醒，如一个个虫子，唧唧地给你讲述一些事情，这些事情一模一样，千古未变，让你惊诧这千年如一日，这半亩方塘如万里家国，有些刚领悟到的事情，前人已然总结，有些别人的经历，和自己的命运似息息相关。那个寒窗苦读的人，做派和自己如出一辙。那些内心的痛苦欢乐，类似得没有半点儿区别。那些虫声从字里行间浸润过来，正和此刻窗外的虫声衔接，严丝合缝，依然不差毫分。你没有了办法，自己忽大忽小，忽强忽弱，忽卑忽亢。你想对虫声说，收起你的神通吧，有谁听。你对自己说，那么就这样吧，还能怎样。天色渐明，人声逐渐鼎沸，远山黧黑，一切都像被虫声衔来，黑暗帷帐被虫声撕咬开，虫声熹微，晨光熹微，虫声欢快，清早欢快，正如黑夜来临前，虫声越来越浓烈，夜越来越浓酽，虫声越来越浓密，夜越来越浓黑，虫声把天叫黑，也同样把天叫明，鸣叫是虫子的天赋，鸣叫是虫子们的重复，鸣叫是虫子们的功夫，鸣叫成为虫子们的财富。我揉揉倦眼，捶捶腰眼，开始加入这喧哗，去走动，去开车，去电话，去汇报，去应酬，总之去制造一点响动，让虫子们看着，我们这些虫子在鸣叫，也不屑，也惊叹，也共鸣。它们肯定还在鸣叫，我们已无暇倾听。那么它们，肯定也在等待，再和晚上的鸣叫连成一片，合奏给一个人听。虫声是过去是现在是未来，它记不住谁，它也管不了顾不了那么多，顾不了那么多被裹挟在其中的人和事。啊呀，谁在这世上能留下一句话留下一点印迹已是万幸，而谁的发声，只要能影响到那么一两个人，就将不负此生。

清美娘亲月亮地

天黑了，天地却白了。中秋的月亮使天地一片白。母亲在白地里走着。我在家里睡着，或者我在亲戚邻里家里被托管着。但我感觉自己一直都是跟着母亲的。我给母亲壮着胆子。母亲是可以不去的，她可以求着别人帮个顺手忙。母亲不是没有想到让人帮忙，早年间她还给本家里一个兄弟买烟供馍，让人家帮着去浇过一回地，可是第二次去说，母亲就看到不愿意的脸色了。这样低三下四地给人下话，不是母亲的性格。此后母亲必须看着自己亲手把事情做完，才会完全放心。母亲不愿意叨扰人家。母亲说咱又不是七老八十跑不动了，咱又不是病病歪歪走不成了。这有什么，又不是砍头掉脑袋的事儿，别人都行，咱怎么能不行呢?

母亲的话是对的，可是别人都是男人啊，全村里只有母亲这样一个女人，要在半夜里起来走很长的路去浇地！先前好几天，母亲就给自己打气，她时常自言自语地说几句话，不知道是给我听，还是给房子院子风马牛呀的听，还是给她自己听。当这个夜晚来临，她盼着我早睡，又盼我能在炕沿脚地多玩耍一会儿。当我睡去，睡得越是香熟，她越是有底气。母亲出神地看着，母亲痴痴地坐着。月光从窗户缝里透过来，罩在我的睡相上，母亲慢慢从我身边起来，她的动作慢而迅捷。前两家的人已经回来了，一个声音在外面“三姐三姐”叫了两声，之后扑踏着鞋回家去了。母亲没有应，她早已在等待着这几句呼唤，她已经看见清亮的水头正在亲吮着干瘪的田地，发出酣畅的滋滋声，水就在月亮下面汪着。水把一个个小月亮在朝前一涌一涌着。

母亲出门了。我也跟着母亲出去了。我就是小到快没有了也不能让母亲一个人去。夜村里的路呀树呀房子呀等等铺展开一片清白。这种白，没有白雪的凛冽，没有白雨的暴躁，它甚至有些发蔫，又有些含糊，它使得村庄近视，在这些白的衬映下，那些屋檐下的黑里，像是坐满了人，看不清楚也一声不吭。母亲只顾朝前走着，她不能左顾右盼或者朝后看，那样只能使她分神自己吓自己。她独自在走，偶尔会有几声狗叫声。在母亲最初的打算里，是明确想过了要叫上一个人做伴的。那也是一个女人，她的男人出门去了还没有回来，她又和母亲同是一个地方的娘家，而且她家的地就在我家地的后面，母亲想着叫上她，她跟着来都是顺理成章的事，这时候就走到了她的门前，隔着朝向街道的窗户低喊：冬歌，冬歌！叫了几声，冬歌才亮了一嗓子，她颤音说：三姐，我不去了，你浇完，把水头改到我家去就行了！母亲不好再叫了，她回到街道上，继续朝前走，她明白只能自己一个人去完成任务了，紧张开始滋生。村道走到头快要拐上下地的路口时，我看见母亲明显加快了脚步。挨路的这家三间庄子里，白天里刚埋了女主人，女主人最多三十岁吧，人是很能干的，前一向还和母亲有说有笑的，突然就得了急病不治而亡了。母亲白天在她家里经管后事，心里掐算着该轮到我家浇地了，母亲不停地嘀咕着，最好到白天浇，千万别到晚上浇，可偏偏怕什么来什么，果然就轮到了后半夜。母亲知道大白天那屋里就阴森得很。在这明亮的月夜，她家布满白纸的大门，愈发瘆人。母亲说，秋霞，你莫要吓我！母亲几乎是一溜小跑着穿过她家门墙，我也跟在母亲后面一路小跑。

母亲到了地里。她本想在地里会见到几个管泵巡渠浇地的人，可是鬼使神差地，又是一个人也没有，前面浇地的人早走了，或者压根儿也没有来，水在那里哗哗地渗着。紧挨着我们的冬歌指定是不来了，她的下一家也指不定什么时候来或者也不来。一些事对一些人来说意义比天还大，对另一些人来说屁都不顶，别人的事或许也就算了，自己的事得过且过，自己糊弄自己的也多得是。母亲一直在期盼的浇地这件事，别人却根本都不在乎。我们家的地或许正因为那样适宜的浇灌，那一季庄稼颗粒饱满，而周围人家的则因为浇灌不匀称，不是青黄不接，就是差过去好多，但是时空延续，人们一样生活了下来。我不知道这些对于母亲来说，是十分值得还是颇费琢磨。如今母亲住在小区里，她还是半宿半宿地睡不踏实。听见夜里有人叫门，或者哐当地骑着自行车回来蹋踏着上楼时，母亲说幸好城市里有路灯，不然走夜路一定很是害怕。我有一阵连续几年上夜班，下班回租房时走一阵子就必须站住，感觉到母亲在和我一起走时才能继续一往无前。在那样的晚上，母亲只能一个人来回奔忙在大地上，一个个保障都被拿掉了，她无依无靠，没有退路，只能硬着头皮，孤独地接受月光普照。当时或者多年后当母亲平静地说这没什么时，我哪里知道母亲当时心里该是多么紧张！当我在外面看着一些耀武扬威的人从自己面前走过时，我就知道他们心里其实正在紧张着，他们要用这种做派来消解和转移自己的情绪。但他们已然没有我母亲那样的纯粹了。

而月光，从来不管人世的时序流转，很自然地就把母亲这种境遇辗转腾挪辉映嫁接到我的身上，我到外面讨生活，常常也是靠山山倒，靠水水流，最后只能横下一条心来，披星戴月里全靠自己，把一切碎片完美地拼接在一起。

在那个晚上，美丽的月光，看着我年轻美丽的母亲，不停地沿着水势上下穿梭，月光下突然就会觉得他处有人正在那里端茶品茗摇头晃脑，“千江有水千江月”纯粹是在扯淡，而那一句诗形容母亲此刻的浇地场面却似乎十分恰切。母亲在不断地巡视，一丝一毫都不放过。她怕水从田埂跑了，她怕水渠哪处渗漏了。不管是田鼠，是蛐蛐儿，是蚯蚓等的无意，还是可爱的人的作祟，都会加重她的奔跑，延伸她的慌忙。她有过好几次那样的教训，有一年有一片地和小叔子的地挨着，有一次平素从未帮过忙的小叔子回来说，三姐我修渠时把你那边的渠也修好了，母亲很感激他的援助，她晚上去浇地，想着也可帮他料理一下。可是最后，母亲发现自己受到的只是愚弄。她从晚八点到后半夜四点，才把一料地浇完。她眼看着水朝人家地里奔涌，地皮上还在骄傲地冒着小水泡。她知道地畦上有些小窟窿，诡秘地存在着。但她没有办法。数九寒天，母亲不敢下水，因此无法找着并堵上这些洞口。母亲撑持着回来，这个一夜稳稳睡在自己炕上的年轻男人，还在炕上睡着，隔窗撇出一句问话：三姐，浇完了？母亲说：浇完了，给你把地也浇完了！这个人一直都没有起来，也不再吭气。母亲发现自己轻易相信了一个人突起的好心，这个有所图的好心顺带着伤害了她的好报。在明晃晃的月亮地里，母亲想起这些。母亲没有生气。母亲已经习惯了以德报怨。母亲听到村里的老人对她的忠告，你看你半截腿都在水里埋着，浇地浇个啥就是个啥么，这样认真，你现在不觉着，到老了病就出来啦。

可是母亲有什么办法！

母亲只能把当下挨过去。她尽量全神贯注地盯着月亮下的水头，提醒自己不要朝周围那些有响动的地方看。可是偏偏，邻村里，或者更远的村子里吧，甚至是外乡外县外省外国的谁家，正在给逝去的老人过三周年吧，正在那里念诗诵经唱戏，正在那里声嘶力竭，呜咽，号叫，嬉笑怒骂……总之，这些那些声音经过了许许多多，经过了前面的坟场，环绕着月亮光，清晰地传扬在田地里，清亮地击打在水头上，而它们最后聚拢在一起，全部冲着我母亲而来。母亲奋力在剥离着这些声音，不胜其烦，直到最后，这些声音烟消云散。一轮黄月还在那里，母亲已然满身满脸是汗。偏偏我家的地又被旋耕机翻得深而虚，水头走得异常缓慢。在后半夜之后更浑浑噩噩的宁静里，母亲终于支撑不住了，她一个人坐在地头，想顺势就躺下睡一会儿。睡到天亮再回去也无所谓。可是她怎么能得到片刻歇息呢。那些柔润在水里的白亮看着母亲突然站起，准备着把一切紧张重新来过。

她削薄的身影被我清亮的哭声从月亮地里叫了回来。

谁人不是徘徊花

这个女人是往过拧着走的，村里其他女人连扭捏都做不到，更不要说拧过她了。她把拧的力度掌握得很好。拧小了没有美感，拧大了步子就乱，自己使个绊子把自己拧倒。她拧过去的时候，村里的男人都在盯着她的屁股看，她巧妙的拧动有时会擦出响亮的声音来，那多半不是她在放屁，而因缘于她裤子的面料，许多人的裤子根本不会说话，只有她的裤子会。她有一两条这样的裤子，白白让妇女们羡慕。这些妇女把裤子穿得和她们的日子一样异常沉闷，提不起来的裤子也像她们本人一样，提不起男人的兴趣。她当然还会穿得鲜艳一点儿，只要那么一点儿，她就能令整条街道呼儿嗨哟。她拧动时还会产生一些小风，小风在她身后常常跟着，一直跟着她走，偶尔有几片开个小差遛遛弯，蹲在檐下街边的人的鼻子嘴巴开始就跟着抽风。这些人看她时的难看更加衬托出她的好看。

她还爱跟人说话，她不让人觉得不可接近，她要是张口那么一说话，满街年老年轻的闲汉们就得全身心地接着，生怕被别人趁机拾得一片语丝去。她遇见人家抱娃了，还会上去捏捏娃的牛牛。她不稀罕这个东西，她有男人，正值壮年，而且也根本没有生病的迹象。她让很多男人流着涎水，往死了憋着，想。她偶尔听到怪话了，一个人在她的左耳外喊：谁谁谁，我知道你黑里干啥了，我要跟你睡——咋咋咋！她拧过方向来，一股奇怪的香风在前面扑着开道，那个说话的人就开始紧张了，他被他的同类们一阵哄笑，他们开始是一致对外的，这时候只有这一个人被推了出来，他的同类往后退一步，表情和心思突然就全部站到了她的一边，他们要帮她审视他。她走过来，不说行也不说不行，她上去，伸出手来，朝向他！他们和他一起紧张着，他们的眼睛大睁，他的眼睛紧眯，她的手轻轻落下来，展开手里攥着的手帕，把他的涎水擦掉了。然后转过身去，拧啊拧啊地走了。

她走到我家里来。她走到许多人家里去，她喜欢串门子，谁都喜欢她来串门子。母亲也喜欢，母亲忙，把我就围在炕上坐着，我看见了她，每一次她不是拧我的脸蛋，就是拧我的屁股，她把我母亲的顶针套在手上，套着转啊转啊，几圈就转没了，又一次她还把一个围脖围在自己头上，或者蒙在我头上，隔着围脖亲我的嘴脸，我奋力地往外拨着围脖，等我从这一团亲热中出来，她不见了，围脖也不见了。隔一会儿，母亲要纳鞋底子，可是怎么也找不见了顶针，有一阵子，她要出去，脖颈上空荡荡的，也只能任由冷风猛灌，她已经无法记起最后见这些东西是什么时候了，她和村里许多人的遭遇一样，只能埋怨自己手忙脚乱的生活。我呜里哇啦地想告诉母亲我的见闻，可是母亲一点儿也听不懂。

从春暖花开到寒冬腊月，她一直这样，一天的主要任务似乎就是在街道上走。从东头拧到西头，又从西头拧到东头。村街刚好是个T字形，她天天就在这个台上展示着自己。她不像村里其他妇女，不是一个劲儿地往下赘，就是纵横兼得。她把自己身体上胖的地方拧瘦，又把瘦的地方拧胖一点儿，更把自己拧得凹凸有致，几个重要部件搭配得很是匀称。她通过放大自己的核心竞争力，把人们的注意力都吸引过来。而且她竟然一句是非话也不说，她逢人就热情夸人家好，把人家都夸得不好意思。她说需要帮什么忙，乡里乡亲的你就吭声，结果还没人敢让她帮忙。关于她，当然起初会有人说三道四，可是说的人说着说着，也觉得总是因编得不圆满不顺畅而倍觉无聊了。没人怀疑到她，从来没有。相反许多人都在维护她。

她半夜里出来了。

她一袭黑衣，像美丽的野狐，踮着脚无声无息，在村子里上蹿下蹦。把她白天已经走过的道路重走一遍，再用她美丽的双眸把她扫视过的物件含情脉脉地探望一番。等到最后敲定最有价值的，她就会用自己的纤纤玉手，召唤着它们跟着她走。在漆黑的夜里，能获得她的眷顾，能进入她的家里，甚至钻进她的卧室，能和她很私密的独处，这是多少男人千思百虑都难以做到的事啊。那些正搂着老婆在炕上翻来覆去的人，谁能说他脑子里没闪过她的笑呢？那些闲闷心慌的孤独者缩在炕席片上，光墙都在帮他喊着她的名字。黑暗中那个流着涎水的人或许看见她正在拧过墙头，拧过檐头，他想叫却愣是叫不出声来，他或许还一门心思想着怎样才能刚好借此把她拧到自己的炕头上来呢！

相比于这些可怜的人，这些有幸被她相中的物件真是乐开了花。村子大体都一个模样，田地也就那么多，春种秋收也差不到哪儿去，到哪里都是干这些活啊，到哪里不是活不是混一辈子呢，自己再怎么努力，从始至终也只能是人的身外之物，招之即来挥之即去任由摆布啊，既然这样，与其让一双干瘪的手脚没有感觉地捏踹着，还不如随漂亮者一起生存呢，物件们这样一想，就义无反顾地跟着她走了！

小时不识狗生活

他把手抄在一起，蹲在门口。或者手里夹根旱烟，站在门上吸。再或者，他就要么挎个笼子，要么提个锄头，下地。但他绝对不会和大家一起认真地锄上一上午地，拔上一下午草。他经常干一会儿就要歇上半天，他也不会定稳坐在那儿，会乱转。回到村子里时，他也和大家一起围着吃饭，然后为一个最没有意思的小话题抬杠，浪费掉刚吃下的那半碗饭的一半。他从来都不会把自己揉搓成边缘人，他会适时地开上几句玩笑，撇出几句怪话。

不过，当他做这些时，你明显能感觉到，他并不是很专注的样子，他很快会收住。而且，再和你说话时，他的眼神并不再会盯着你这里，它四处游移着。这和他是否自信并无关系，在许多场合下，自信没有什么意义，自卑没有什么不对，大多时候根本没有人知道和评判这样的词儿和状态。人们互相一点儿都弄不清楚对方，有时又像他一样根本不想弄清。他的动作是凉性的，外现的状态却又是十分有趣的，他不自觉地在显摆着他的许多特异之处，比如他的鼻子就在那里一耸一耸地搜觅着什么气味。他的耳朵也在微微颤抖着不放过蛛丝马迹。我还看见过夏天里他光着上身时，他的胸脯会一嘟囔一嘟囔地翕动。我上去用手轻轻拍击了一下，那一块竟然像狗一样发出声响来。

的确是狗叫。纯正的狗的叫声，让我们听起来非常具象，那时候我们没有人知道，他正等待着一只狗的到来，他的叫声可以招来狗狗们和他耳鬓厮磨，为他献媚示忠，甚至为他招财进宝。他可以。他的气味很是讨狗狗们的喜欢。狗狗们远远地看见他，正在匍地假睡的会突然起来，用前爪挠地一派欢实，正在逞一时凶狠的则会瞬间敛起，缩头把两只前脚并拢，身体摆成长条卧下，等待着他的粗糙的黑手拍落在毛发上，来回摩挲间能够把自己捋顺。它的喉咙里低回着期望的细音。

可是啊，那不是他家的狗，那一只又一只对他无限崇敬的狗，起初都和他无关。他从来都没有养过狗，一只都没有，他耐不了那个麻烦，他的媳妇和他一样，有时连人都不想伺候，牛马这些的都不愿意经管，猫呀狗呀这些可有可无的东西就更是能不必就不必了。再说了，他每天也不用那么劳累地干活，他晚上睡得也不是很死。常常有赶夜路的人半夜回来，还偶尔会看见他游神一样地到处乱转，还有那些夜起尿尿的人，那些不知从谁家里鬼混出来的人，刚刚享受和品味那一阵身体轻松的愉悦时，冷不丁可能就会跟他撞上，浑身一激灵，把最后夹住的那一滴尿水洒在裤裆里。等到看清是他了，方缓过神来，很刺激地骂一句你个狗日的，急速隐去。他并不计较这些，他嘿嘿一笑。许多人都在谋着人事时，只有他在谋着狗事，他这样闲散地站在人们一边，轻易就捎带着看见了许多不该看的人和事，他懒得去说这些，在人世里轻易就获得了一个好名声，他与人无争。

他一门心思，只和狗套着近乎，这些狗，生长在另外的人家里。它们虽然不像如今城市里的狗那样比一些人还金贵，它们虽然还要承担看家护院的责任，虽然它们丢失时不至于让人痛断肝肠，但是一旦它们丢失，总不是那样让人心情愉悦的事。它们不知道自己怎样被丢失。它正在那里自作主张地汪汪着，它或许还曾经狗仗人势着，遇到一般人或许忍忍也就过去了，一个堂堂正正的人和狗有什么过不去的呢，可是它的表现却被一个人看在了眼里，记在了心里，他很是为这只烈性狗的刚强而暗暗叫好，他也很是为另一只面狗的雌柔而称道。

那时候，没有人知道，他不仅能和人很好地沟通交流说话，他更是与狗信息相通气味相投，他懂得体谅一只狗在这世上苦苦地生存真正需要什么。他能听清一只狗忧伤的倾诉，他知道怎样去安慰这些活着不易的狗爷们狗娘们狗子狗孙狗闺女。就这样，在方圆的村子里，开始是一只狗丢了，人们找找，没找着也就算了。每年都有那么多的村里人丢了，又能有几个找回来的。一只狗，哧，丢了也就丢了吧。又有一只狗丢了，再找吧，也是没找着，人一天忙得顾自己嘴顾家人的嘴都顾不过来，哪有恁多时间再去照顾这张狗嘴啊。接着又是一只狗丢了，人还是找，可是到哪里去找？人识不了几个字，所以也不能去写一个寻狗启事，贴在电线杆上街道墙上甚至挂在自己身上，最后还会诱惑地说重重谢您，只要您能把亲爱的狗狗送回来，不然我可真是没法活了，街上那么多帅哥靓女走过去我都不动心，我只要我们家的狗狗能回来啊，舔一下我的手心脚心，我这一辈子就算值了。呵呵，那时人的闲心还没有闲到这份上。丢了也就丢了吧，丢了也省得吃家里剩饭了，也省得抽空支应了。

那么狗到哪里去了？ 狗都奔着他来了。 方圆村子里的狗，都跟着他，从后门回到了他的家里。 他会给这些狗梳洗打扮，他会给这些狗以锦衣玉食。 可怜的狗啊，哪里享受过这样的待遇，他会把一个小房子腾出来，夏天了把里面弄清爽，冬天了把里面弄暖和。 他让狗狗独自住在那里。 他不需要狗来执勤护院，他来给狗服务，好让劳累半生或刚开始即对劳动厌烦的狗美美睡个好觉做个好梦。 他一般只是套住、顺牵或者引领一只狗，他要让这一只狗静静地独自享上几天福。 可怜的狗，天天风餐露宿，哪里受过这个待遇啊，感激涕零。 他坐在一边说，这没有什么的，这是你应得的，就说大冷天吧，谁规定狗就一定得在寒风漆夜里号叫，而猫则躺在热炕头上呢？ 说这些话的时候，他的手掌正从狗的头上抚摸到四只爪子的趾头尖，狗昏昏欲睡，狗无限受活，他的手指则顺势在掐算着镇上的集日该到了吧。

集日到了，他一早就和狗出门了。 他拉着架子车，或者骑个自行车，他根本不需要再套它了，它忠实地小跑在他和车子的前后。 它已经下定决心，要为他做些事情了，肝脑涂地也在所不辞。 即便他不要求它也要自觉去这样做了，难得有这样对自己特好的人，它不回报他，它还能算是一只狗吗？ 想想自己以前的委曲求全和现在的扬眉吐气吧，这是多好的人啊，它得感恩。 在去往集市的路上，它头一次感觉到迎面吹来的晨风里竟然充满了馨香，它头一次觉得暖和天的蝴蝶蜻蜓花草呀那么美好，冬雪里自己无意踩下的脚印画儿，拿去参展时最少还不拿回个银奖！ 到了集市，它看着他在那里和别人说话，那人对着它指指点点，它有些恼怒，但只要他一看它，它立即转怒为喜。他和人在袖筒里捏好了价钱，成交，俩人在那里抽烟庆祝。之后他拍拍它，示意它跟人走。它不想让他伤心，轻快地过去了。它回过头，它对他有些依恋，眼角挂起了两行浊泪。泪半天不掉，凝固成两行泪痕。而他迅速地消失在人群中。

他扛了一袋化肥回来，上次好像置办的是一色崭新的锄头镬头吧。总之他总有收获。别人上一回集，想买个什么东西是异常作难，在那里得和卖家抠掐上半天，还不一定能达成所愿。在他则总是出手大方，为人爽快。他说干啥速速就干了，他从来都不做什么小买卖，他嫌那个累得慌，他从来也不出去打工，他更是没有什么手艺。他是村里人心目里的笨汉之类，但是他活得很是滋润。

人们有时会忽略了他，但凡是他经手的狗则忘不了他，永远想念着他。那些走远的狗，空余了念想，那些走近的狗，三番五次地就要挣脱缰绳回来，它们绝食，它们使性子，它们和绳索较劲，愤怒地要把自己的头挣断。终于，就有一只狗逃脱了。它那样强烈地往回跑。它没有跑回自己的家，它是路过的，它还站在门口看了看，而它的主人也看见它了，当他们大呼小叫时，它却毅然又朝前跑去了，它的后面跟着一群人追撵，说这就是你家呀，还往哪里跑呢？它头也不回，它想起在那些撵它的人中，谁曾经踢过它，谁曾经骂过它，它想起自己成为一只狗的点点滴滴，它哀怜着自己的狗命，它的眼泪流在了风中，在最后的路过中，它把他们统统忘记了，让他们空欢喜去吧！它径直跑回了他家，一头撞进了他的怀里。

他把这只狗抚慰住，他端上了最好的饭食，喂了它两天，他把它拉到集上，卖了。他又扛了一袋化肥回来。一条狗卖了，就可以买一些东西，一条狗有时可以卖几回，他就能买好几回东西。

在那些年月，他就一直这样在背地里干着狗事情，过着自己的狗日子。他轻省地生活着。他和他的女人每天凑合着吃完饭，也就在门外坐着。他的女人白白胖胖，越发显得他人模狗样了。

也有人会和他抬上几句杠，说你一天吃风屙屁呀，他说你没见那老爷堂上不种苞谷，不种麦子，也没见把哪个老爷饿死啊。别人一琢磨，好像也对呀，非礼勿视，非礼勿听，时间一长，也就懒得打听这号闲事了。到最后，唯有我对他的传闻充满了好奇，总想着一探究竟，撂下端着的碗，偶尔会逗他学几声狗语。他轻易不，有一天情不自禁了，可是刚一开腔，真是不得了了，全村的狗，能跑的都来了，蹲在我们周围，摇着尾巴，不能跑的就在原地哼哼着打转转，十里八乡的狗也都开始叫起来。他蹲在门墩上，嘿嘿地笑着，慢慢笑成了一只大狗，周围一群狗也嘿嘿笑着，慢慢笑成了一群小小的人，我被夹杂在中间，吱哇喊叫着，一屁股坐在了自己的饭碗上。

大地缘分终有头

那一年地里的麦茬，我们再也懒得铲翻，一任它枯白下去。我们加紧收拾行装，沉浸在去向城市的喜悦之中。我的祖母还健在，迈着小脚从老村里赶来，她支着拐杖坐在一边默看，许久了，问：那你们都走了，地咋办？我们说已交给生产队了，由人家分去。祖母自言自语：那你们没有地咋办呢？我们都笑了，不再理她。我们如此匆忙地进入城市不就是为了不再累死累活地种地吗？在当时，极度亢奋的我们并没有想到祖母言语中渗透的深意。

从老家到城市，坐车也就最多两个小时的时间。那路边一闪而过的一大片土地都和我们无关了。地成了我们留在村里没有干完的最大的事情。

我们有谁设身处地细想过地的处境？我家的那六亩地在村里肯定一下子就抬不起头来。它们成了边缘。在过往的日子里，它们被我的父母宠坏了，它们吃得很好，长出的庄稼也很丰盛，因此心高气傲。它们没有想到，在那时，自己已经很是惹周围的地生气了，那些地偷偷告诉主人它们的不是。主人开始还不以为然，说都是乡里乡亲的，人太熟，下不了狠手，但经不住地的谗言渐进，拗不过地的掰扯。 人和地是相辅相成的，成色不好的地也就这样教坏了成色不好的人。 我家地里的庄稼就间或受到黑手的攻击，不过并没有酿成大的事件。 或许那下手的人铲掉几棵玉米后良心发现，想起了我父母亲对他们的无私帮助。 但等到我们离开村庄，这种顾虑就彻底消失了。 我们带不走我们的地。 地暴露于光天化日之下，任人宰割。 地自己的好并没有给大家落下好来。 它被人无限诟病和恶毒攻击着。 它没有学会自我保护，总是像麦子一样锋芒太露，像玉米一样高人一头。 出类拔萃的它到最后万万不会预料到竟然先被自己的主人抛弃了。 这个毁灭性的打击使它的命运从此不由自主。

季节不等人，很快，我家的地就被其他的地蚕食了，或者生吞了。 当年它就势单力薄，虚荣心过度地膨胀也使它没能潜下心来练就过硬的本事，之后它就更不是别家地的对手了。 它被收编了。 它的所有反抗都是无效的，因为没有人在乎。 它不愿意结丰硕的果实，不结就不结，在别人更大范围的地里，少了你的贡献一点儿都看不出来丰歉。 别人和我家的地没有过深的感情，更不用说过命的交情了，他们感觉就好像在白养别人家的娃娃一样，心里如是隔膜，因而不舍得过多投资。 他们或许也一直认为我们总有一天会荣归故里，继续种地。 他们最讲实际，他们才不会做这样亏本的买卖。

那么我家的地，它会不会埋怨我们，在凄风苦雨中呼唤我们回去？ 可是我们怎么能回得去？ 我们走的时候，原是想着要回去的。 在走不到前面去的时候，在一步都不想往前走的时候，在路走断了的时候，被风吹回去，被雨淋回去。 可是路却一直都朝前不紧不慢地走着，没有任何要戛然而止的迹象。生活过得并不是很好，可是也不是很糟。这样我们就下不了要突然卷铺盖回去的决心。中间我们也间断回去过，可那多是带着一种省亲或者炫耀的性质。我们常常要去看我们的老房和老院。母亲对自己打下的这半壁江山依依不舍。她说真不明白当年我们为什么要撇下这些家业到城里，城里能干啥？她提议过年时我们回去住上几个月，扫净尘土，睡在炕上，她在灶间升起炊烟。但是我们都没有呼应。我们都忙。母亲就说，要不把老房老院统统卖了，既省得扯心，兴许还能卖上几个钱，院子里的那几棵长相壮实的桐树她也让乡亲估了价，可是临了要回去张罗砍伐时又没谁拿这个主意。城市生活让我们变得对一切无所谓。我说，老家那些东西能卖上几个钱呢？还不如先留着，也是个纪念，说不定我哪天要写长篇小说了，那里是最好的地方呢。可是什么时候，我才能静下心来写长篇小说？我现在连读一篇小小说的耐心都没有。连浮躁的城市都听明白了我纯粹是在狗屁胡说。

而许多次回家我们都没有去看地。地里的昆虫、草、田鼠洞的日子都怎么样，我不得而知。我猜测草应该扬眉吐气了，它当年总是刚一露头就被母亲收拾掉，现在没人再管，可以一气儿疯长，高兴得整天小曲儿不离口。田鼠也有了撒欢儿的理由，因为它的洞口无人来堵了。昆虫也无人来捉。玉米虫懒散而肆意地躺在玉米脸上睡大觉，而玉米大气都不敢出……这些事情肯定在我家的地里发生着。我曾经还思谋着找个机会，去会会那些如今种着我家地的人，提些礼品，拉些家常，末了告诉他们对地好些，我家地的底子还是很厚的，稍微经管就会有丰硕回报的。你们在城里有什么事儿需要帮忙就尽管来找我，我虽然活得并不豁亮但我豁出命去都会尽力办到……可一转身我就打消了这个念头。我姓啥为老几呀，又不是我让人家种的地，地是生产队重新分置的，我怎么好去给人家提这个建议，落这个人情。人家愿不愿意种，想不想种好全是人家的事，我根本就没有插话的地儿。这最后的一件事没有做成，让我的土地失望透顶。它不肯见我，埋着头躲在了大地的深处。

我和地的缘分到了尽头。麦茬满地，满地心事。我想地在起初听到这个消息时，肯定像那些拿到退休通知书的人，一下子就老了。麦茬成了地一夜间枯白的须发。我彻底把地扔了，把农具扔了，房子、院子以及村庄都扔了。之后我走到更大的一片麦茬里。我只图一时之快，而反过来它们给我的惩罚让我一生都无法躲过……它们收留下了我随手扔掉的自由淳朴的天性，任我再呼唤也不肯还我。我只好戴着一具似是而非的面孔在城市里流浪。我的双腿不再有机会被地里的麦茬划破，刺一条条明显的白道道，慢慢洇成血痕，可是它依然在夜里难受得困痛不堪，在灯下去找又什么都没有。我只能在睡梦里看见自己在地里转悠，收音机在地畔上响着，城市里好像是发洪水了，好像又办运动会了，总之离我很远。现在我整天就被这些信息包围，可是它们离我还是很远，我像其他事不关己的人一样学会漠不关心。后半夜的梦里好像有人在追我，我在麦茬地里拼命疯跑，老也甩不掉追我的人。我听见地在前面张开双臂大声呼喊着我的名字，让我藏身在它的坑洼处。我犹豫不决导致翻身而醒。醒来后则将这一切很快遗忘，一眨眼又是好多时光。我的爱人有时候问我："现在人们正在地里做什么？"我支吾着回答不上来。“这一场雨对土地好不好？”我依然不知道。

我再也找不着我家的地，和在大地上挥汗劳作的我。我变得烦闷异常百无聊赖，总是不能把自己在逼仄生活上所从事的活计看成是种地，它们多少都有些飘，有些不实在。我无法说服自己坚持到底。起初我进城是为了图个轻省，到头来却收获和背负了比别人多得多的沉重，没有人告诉我其中的缘由。在前一个夏天，我还在弯腰“嚓嚓”割着麦子和草，在第二年的夏天，地看不见我的影子了。那时候我觉得一件事情干得太久就没多大意思了，可是直到现在我仍然没有发现，有哪一件事情会让人们一直干着都觉得有意思。我把过去的和手头的事情都撂荒了，这些不断重复的事情倒戈过来，也把我撂荒了，我越来越不认识了自己所遭遇的人事。我们捆绑在一起，在宿命里，日渐荒疏下去。

喜暖都在花深里

这一村的地，和那一村的地，紧紧密密地挨挤在一起，无缝对接着，我从来都没有弄明白，是谁最早划出了那一条界线，将一个个村子分开，因为从来没有一个碑子，鲜明扼要地立在那儿，分清头是头尾是尾。是的，没有，起码那些年，我没有看到过，祖辈们心照不宣，多少年就那样沿袭下来了。而今天的我为此却常常疑惑了，待在村子里的那些闲散日子里，怎么一直没有想过去村子的边边上看一看，看一看村子的四至范围，看一看村子和邻村交接处的地形是什么样子，那里是种着庄稼还是长着荒草，那里是住着黄鼠还是住着蚂蚁——我想去看一看那块地皮的面目和邻村土地的面目有何不同。它们原来就是一块儿的，却生生就被人为分割开来，我不知道在剥离的那一瞬间，它们心里是怎么想的，我同样不知道它们的主人是怎么想的，或许有时候，会因此闹得不欢而散老死不相往来吧，而或者，如此一来也就让他三尺又何妨，从此结了秦晋之好。这家的草看上那家的草从此蔓延过去连成畔，这家的蝗虫看上那家的蝗虫从此互相吃过界，这家树上的花瞅着那家树上的花好看，南来北往见惯大世面的风雨看出了苗头，找个日子使上一把劲儿给扯到一起，几个月后这家地里的果子就结到那家地里——而更重要的则是，这家的闺女刚好看上那边的男娃，于是一来二去眉来眼去最后嫁过去，这样人连成一片子，地也就又重新连成一片子了。我想这样的好事一定在相连的村子间接连不断地发生着。大地多大啊，有多少事情深埋在其中不为我们所知，就像有那么多的人，总是不能为我们所认识，但是他们自己之间，却总是无比的相熟啊。再由这一两家扩大开去，向十里八乡发散开去，一个村子和另一个村子和另另一个村子便如此一环套一环，环环紧相连了。在人们的视野里，一个村子总是以整体的面目出现，然后和另一个村子发生着千丝万缕的关系，其中最为亲密的关系，就发生在一代又一代的这个村子的小伙子和那个村子的姑娘之间。于是当他们一天天变老，终于撑不住而逐渐故去后，大多也就埋葬在这片靠近两个村子相连的土地里，以便于他们躺在那里，继续延续那无奈撒手却死死不能撒手的丝丝牵挂啊。手心手背都是肉啊，既能照看着留在自己村子里的儿孙，一扭头又容易瞧见嫁到邻村里的女儿，和相继而来的外孙们。

坟地由此常常习惯性地成为两个村的交界，时间久了，那里草木浓荫，松柏茂盛。又好些年过去了，周围的麦地玉米地全部换种了果树，四月清明时节，一旁的果树园地里，梨花、杏花、桃花和苹果花相继开放，由外向内映衬着先辈的庄严肃穆，而由内向外则张扬着新一茬生命的勃发。祖辈们隐身在花深里，时辰到了，就开始嗅闻他们一辈子都没有闻到的馥郁的花香，听着他们下一辈人絮叨的话语。是的，时辰到了，我们常常看见，这个村子的小伙子上过自家的坟地，又跟着媳妇到那个村子的坟地里去，而自己嫁到那个村子里的老姐姐则回到自己的娘家祖坟里来，向远行的父母述说心曲，而后再跟着自己老态龙钟的男人，回到村子里的祖坟，向同样故去多年的公公婆婆燃上一支蜡烛，烧上一把黄纸，寄托自己的哀思，多年的媳妇熬成婆，好多盆碗碰锅沿的事情烟消云散，好多迟来的体谅和罪过却又再也无处去诉说——

是的，时辰到了，我，我的父亲母亲，我的妻儿，以及妹妹和她的女儿，早早筹划并于准日子的一大清早起身，加入那浩浩荡荡的祭扫大军，向着故乡奔去。此时，我们无比敬重和专注地来到祖先面前，从遗留的痕迹里估摸着谁比我们先到，又猜测谁还没有归来。我们往坟顶上压一块儿白纸或者麻黄色的刻印有铜钱样小孔的表纸，从一旁拾起几个砖块，在墓前垒砌出一个神龛来，将蜡烛和香火放置其间，用打火机燃纸，跪倒在地，磕上三个响头，由母亲和妹妹作为代表表达我们的心声：给你们送些钱来，到那边不要刻薄了自己，也不要省着花，娃们家事情都忙，难得时间回来，你们也不要怪罪，娃们心里都记挂着你们呢，到这时节了就尽量一块儿回来，让你们看看，工作生活也都好着呢，你们也不要太操心——这一番汇报，是蹲在或者跪在墓前小声说完的，这是说给老人们的体己话，就像早些年老老少少在自己家里炕头上围坐着拉家常一样。是的，一样一样啊，如同当初，今天的我们把这些话控制在只有我们的祖辈和我们一行人能够听到为止，不太想让风偷听去，传扬得满城风雨路人皆知，不想，我们还是谨遵着先辈们的教诲，谦恭本分悄没声息地过好自己的日子要紧。那么我料定，爷爷婆婆在那边绝对是听到了，舅爷舅婆也是听到了，这一家人说话的腔调他们熟悉，脾性他们了解，一代一代的面貌也从来都没有什么大的改观。等我们起身，身体所带动着周遭的一切，一刹那也都随风而起，风很大，那一时间的风很大，风刮起刚刚燃过的纸屑与灰烬，母亲就赶紧拢到一起，但呼呼儿就又片刻不留。风把红烛吹灭，母亲又赶紧再次点着，但又眼睁睁看着它飞速燃尽，连最后一滴泪水也没有剩下。说时迟那时快，坟茔前又是白茫茫一片真干净——这样好，这样多好啊，这样就清晰地表明祖辈刚才和我们是在一起的啊，这一连串的动作就表示着祖辈们刚才回来过了啊，他们趁热麻利地把一切祭品都收走了，收走吧，收去好，都收下吧，他们把艰难细发日子过惯了，到哪里都是粒粒皆辛苦，恒念物力维艰，总思来之不易，俭省的颗粒归仓全部打包带走。祖辈们是让后人眼见为实好放心啊，还谆谆叮咛身教重于言教日子再好也别忘了前二年啊。而后，坟头上的花草摇摇曳曳，那是老人们挥挥手在示意儿女走啊。老人们目送着儿女们消失在视野之中，老人们知道，儿女们和孙辈们大多已经不再住在这个村子里，兴师动众回来一趟总是不那么容易啊。而大多如今住在并不太远的县里和市里的儿孙们，等到时候了，心里念想得忍无可忍了，他们不约而同，从就近和方便的道路上归来，将车子停在路口，手里捧着祭祀之物，虔诚地穿过草野步行而来。他们熟悉着通往祖茔之路，他们清楚自己祖辈的墓地，那一块墓碑一直高高地竖在他们心里，他们知道立碑的由来和整个过程，谁的名字在不在上面，这都是十分重要的事情呢。这时候，他们已经顺着胡茬地到了自家祖辈墓前，一时间好多人事涌上心头，怎能不叫人热泪盈眶黯然神伤?！二十年了啊，三十年了啊，村子里好多后生姑娘都出去了，好多好地都撂荒了，墓地也都老了，墓碑上的字也都漫漶不清了，再争究这个村子和那个村子的界限似乎意义不大了。而由于连畔种地带来的人际关系也不如原来深厚了，稀少了年轻人，姻缘缥缈得再也缔结不到一起，一代人曾经多么看重的事情，往往在另一代那里不值一提，而另一代无比上心的事情，上一辈人却是从来都懒得去追，世事就是这样的欲说还休欲说还羞啊。祖茔里人影晃动，墓旁往来围绕着上坟者，不管认不认识，都相互道一声：回来啦，回来了好啊，一转眼满是惶惑：那谁谁不是去世多年了吗？这个人怎么长得跟他那般像？想不明白，想不明白，先就不想了，且留待离开后凭着记忆和那刷脸的熟识度，再慢慢辨析那是谁的谁谁，或者谁谁的谁吧。

我们再最后看一眼祖辈的墓碑，看一眼墓前草地上盛放的几朵小黄花，看一眼绕开在墓园周围的竞相开放的梨花桃花杏花苹果花，向她们一一投去微笑，谁又能轻易否定那一朵朵不是祖辈的音容笑貌呢，如果不是，你从跟前过，为什么常常会不自觉地感受到她的召唤呢——我们在敬畏过这大地上一切的物事后，慢慢离开。我们朝前走时，顺便再将眼光投向所遇到的祖茔里的那一个个墓碑，那一个个墓碑上映入眼帘的一个个熟悉的名字，总会在我们心里激荡起一阵涟漪，我们在瞬间想起关于他或者她的样子，讨论几句印象中的他或者她的一些陈年旧事。我们注意到有的后来者名字上已经加上了框，爷爷孙孙，老少都有，那些加上黑框的名字，在一些人眼中，曾经就有几个是那样的威风赫赫，甚至一呼百应，而今，他们一声不吭，和大多数沉默者一样，一声不吭，叫也不应，问也不回。或许，或许，他们仍然在说着什么，而我听不见，春天的风太大，一旁灌溉渠里春水的涌动声也很大，春天大地上各种正在发生的声音更是很大，汇集、交织、笼罩，以至于我根本听不见他们说什么，但我知道，他们只是挪了一个地方，他们相互之间都是熟人，他们走到哪里，都还是一个村子的人。有时候我真的还要为他们感到庆幸，庆幸他们走得早，还能聚合在一起，不像一些仍然留在村子里的后来人，要么回不到这里，要么回到了自己的地里，像生前一样，孤单地在地里干着活计，把满腹的心事说给虫虫草草听，等到自己入了土，再有时间，让虫虫草草把听到的自己的一生，重新讲述给自己听。有时候他们自己说腻了听烦了，就溜达着去邻村的墓地里，再找亲家唠唠嗑，他们一朝结了亲，三生三世便都是亲家。他们看到自己的儿女们都老了，看到儿女的儿女都长大成人了，都把手头捉着的事情做得很好，心里也就放心了，他们看到重孙子重孙女都生机勃勃地长起来了，心里很欣慰。他们在叮咛着小孩儿，尽量不要到这里来，如果来了，离开时也不要往后再看，他们怕吓着孩子，可是孩子，是什么都不怕的，他们的一派天真里根本不想那么多，况且，多少年了啊，他们只知道自己的爷爷，他们想不起来老老爷，他们被父母牵引着到这里来，就是来认识老老爷的啊，尽管那意识只是模糊的一团，但总比从来没有这样的意识强。他们跟着父辈往坟头上撒土，知道了这个环节叫作暖墓，他们跟着父辈燃起红蜡烛，传承着清明上前不上后的老规矩，他们获悉祖辈去世三年后这墓地就可称为老坟，而今多少个三年都过去了，那更已经是传说中的喜丧了。是啊，如此既暖又喜，那还有什么好可怕的好担忧的，如今生活在天堂里的祖先的恩泽是如此长宜着后世子孙啊。

多么美好啊，在这万古人间四月天里，在这乡村最美好的时节里，逝去的亲人们相依相伴回家来，闯荡的游子们成群结队回家来，无论阴阳，无论远近，一别经年之后，于今他们心里的底色都是温暖的。故园的土地膴膴，堇荼如饴，祖辈们永住这里，此刻是有着含饴弄孙之感的。管它什么清明时节雨纷纷，又有什么要紧呢，即便天上没有太阳，又有什么要紧呢，对于儿孙们来说，祖辈父辈们便是太阳，对于祖辈们来说，儿女孙辈同样是太阳，太阳一出喜洋洋，太阳一照亮堂堂，照到哪里哪里亮，照得人心暖洋洋，十年百年千年万年的，一闪而过的过去就过去吧，祖辈们、儿孙们一直都在那里，太阳一直都在那里。人们啊无论身处何地，只要心中有这样一团花火升腾照耀，就永远不会感觉孤单，无助，彷徨。

而从另一个意义上讲，大地深处的那块祖茔，松柏和鲜花深处的那块祖茔，无论它在还是不在，它的具象都形如一枚纽扣，将两个村子扣在一起，而其意象便是根深蒂固的血脉亲恩啊，将游子的飘飘衣袂和漂泊无依的心绪紧紧连缀在一起，从力量的源泉到神经的末梢，都在阳光的照耀、在暖风的吹拂、在鲜花的芳香、在纽结的恩德里，无缝对接着，有序传递着，生生不息，欣欣向荣啊，此春不老，此爱不眠，此情绵绵瓜瓞啊永远无绝期……

乡野悟对

早晚事

开始的场面是热烘烘的，是黏稠浓厚的，是掰扯不开甚至胡搅蛮缠的。在场的一切物事面目都清浊不分，都开始有了体温，摸上去要烫出水泡来。在场的人都是一副喝了面糊没涮嘴的样子，他们的胡说没有谁认真去听，听也听不出个什么眉目来。

空气里充满了躁动，又流动着更大的安静。似是而非。我从外面转了一圈回来，跟没转过一个样。让我坐下来吧，却又总不能安生，随时都会起立，不是因为别的事情，就是因为我的内心。我看着我在那里转来转去，就说你省省劲吧，你好好歇息一下不行吗？的确不行，我每天慌慌张张的神情连我自己都看不过去，事实上我每天什么也都没有抓住，但是，最终，我连我自己的话都听不进去。

从早到晚，我就这样混着日子。我有时候十分苛刻地不想原谅自己，有时候又对自己万分宽容。我想做村里把庄稼侍弄得最好的那个人，又觉得侍弄那么好也成不了什么大的动静，我累死累活地让一株玉米结三个棒子，我就能立马成为大师了吗？我在农忙之余，写篇小文章在报纸屁股上发了，我就能让四大美人都对我刮目相看了吗？有那么一阵，我整天在地里忙活，我似乎有了一些小成绩，可是当原野大幕唰地拉开，我发现自己其实也没做什么。一切都在按着既定的思路安排着出路，我在其中的扮演，看上去连我自己都觉尴尬。

但是我又不能什么都不干，我能整天在村里提着两个锤头乱转，东家进西家出地闲溜达，说上几句闲话，凑合几件闲事吗？我还不会把自己降低到那个档次。我得给自己找个正当、恰切又充分的理由开脱一下。理由俯拾皆是，我很快就从最易处切入发挥，到处宣扬是外因影响了内力，我之所以成为今天这样的糊脑子，原因从来都不在我啊。我不管别人听否，是怎样的应付或者不屑，我就这样说出去了。然后很自然地，我就把自己蒙蔽起来。在上下四周一体烘热的状态里，也不看看自己的来历，没来由地开始跟着人家一起在场面上游移。

所幸这样的时光很快就过去了。以一个早上的某一刻为节点，事情突然被改造甚至颠覆。我看见太阳出来后脾气大加收敛，好像被谁攫走了最主要的一把烈火，顿时没了燥劲，铺陈在万物之上，竟然还有那么一点儿湿润润的感觉了。清晨我已无法把光着身子的自己性感地写在大地上。到了中午，一些呼应阳光的物事再也懒得启用，一些食物不能随便乱吃了。到了晚上，一些被人绝情绝义扔远的生活必需品又被人乖乖拉了回来，并允许其肆意地摩擦自己的皮肤。世界的白内障手术取得完全成功，人们瞬间清醒，以审慎的目光和态度重新考量周遭的许多开明。日子将自己豁然剖开，让人们将随着大样粘贴在横断面上的自己成功救赎。

我也是猛然回过神来，没有谁三言两拍，也没有谁猛击一掌，大家当时自顾不暇，和我的机遇大体都一样。好像是在最后一哆嗦中吧，我把自己从已然混沌太久的状态中抽了出来。我赶紧下到我的地里，看见玉米已经长得比我还要高了，我拍拍他们的肩头，说：兄弟，好样的！你需要浇水了我就浇水，你需要施肥了我就施肥，你只管在你力气能使到的层面上使劲生长吧！原野清凉，趁着那些缓慢清醒的人还没有跟来，我的这些话既说给玉米，同时也说给自己听。当一切繁翳被风慢慢吹散，我又开始新一轮的说服和鼓动自己也能够顺应时令平实深刻地自我变化起来。这次，奇怪的，我的耳朵清晰地听见了这些啰唆。

所有的变化只在早晚之间，那些被荒废的，被慢待的，被鼓噪的，被摒弃的，等等，最后都会被还回来。而包含这一切的一切事，到了最后，不过都是，早晚的事！

有无话

一些人坐在我家的小凳子上，一些人坐在地上，一些人蹲着，一些人斜靠在树上。吃饭。还有三三两两的人正被这气氛吸引，端着碗急速或悠慢地走来。而我则比他们优越，村里的主饭场就在我家门前，我没多大必要跑那么远，或许偶尔还会在村道里流连，去其他小规模的饭局里转转，但那只是缓冲一下，是为我家门前饭场大气氛所作的烘托。占人家的地儿，看人家的脸色，让人家看我碗里的成色，总不是我生活的主题。我不想被人家在背后说三道四。我只想从始至终都做一个参与者、听众和看客。我不好事，就只有牢牢占据着门墩的位置，把自己放逐在热闹边上。

这样我几乎就坐在他们正中，在那个阶段，全村的饭碗都在围绕着我转圈，饭香一绕一绕地向外荡漾，时间和空间在氤氲之中统统被分割为两段。时间以一天上下午两顿饭计算，上午九点后吃早饭，下午两点后吃午饭。至于晚饭常可忽略不计，那无非就是中午饭的延续，蹲在自家门口吃就行了。而空间则以院子和田地呈现。不是从院子走向田地，就是从田地走回院子。村里前前后后出现的那些勤快人和懒人，一直都不曾停下或者拿起手中的活计。他们似乎都在心照不宣地期待着什么出现，并且为此将劳作与吃饭演绎为一种时尚，坚持下来。

除了吃饭，他们把嘴一抹饭碗一撂后，是要用来说话的。那么他们说些什么呢？他们又能说些什么呢？我粗略计算了一下，他们说话尺度最集中的区域，超不出村南村北那几亩地，还有与它相连的村庄，而一旦宽泛起来，则要跨越太平洋去。时间无非就是些春夏秋冬、阴晴雨雪之类。人物也就是他们自己，偶有特别，则是有谁出了一趟远门，比如去乡里县里市里，捎带回一些见闻。大多时，他们是和气的，但是也不排除他们说多了之后的互不服气。一个说，你是提着罐罐顺庙转，给爷上汤呢；另一个说，我是提着罐罐顺河转，给鳖上汤呢。大家就都一阵哄笑。哄笑完，多数人就散了，也有几个玩心重的，随手捡拾个柴棍土蛋什么的，蹲在那里下土棋，消磨时间。老婆在家等不及了，就会跑出来站在自家门外喊叫半天，看喊不动，就气咻咻地撵来，自己把碗端走。

那时候我坐在这样一堆能人中间，一无所知而又无比羡慕。他们的见识比我多，他们的脑子比我灵光。在他们热火朝天讨论时，我根本插不上一句话。而即便他们赐给我一个空档，我都不知道要说什么。我只好把头长时间埋在饭碗里，认真地吸溜，等到实在没啥可舔时，我把碗放回门槛内，一只手来回地磨蹭着门槛，另一只手衬在屁股底下，并且自言自语：这门墩咋这么凉呢？要么就是抬头看天上倏然飞过的一只什么鸟儿，或者看椿树上，一只瓢虫追求着另一只瓢虫。我局促不安地坐在那里，这就是我家啊，我能到哪里去呢？我只能等饭场散后，暗暗在书本里努力，一步步出门闯荡，好歹见了点世面学了点皮毛，想回去和他们显摆理论一番。可是不凑巧，我家的老屋早已被拆，他们也都一个叫一个地死了。现在来看，虽然他们当年那些见闻总显得不痛不痒，但是我从未认为他们见识短浅，我迄今也算是游荡了一些地方吧，我还从来没有遇见过多么博闻强识和深刻的人啊，我从外界知道的还远没有我在乡间老碗会上知道的多。我忧郁而归，我还看见那么多的人，准备了那么多的话，紧赶慢赶地从我身边超越过去，要去讲给人听。那些连他们自己也听不进去的狗屁话，又有几个人听呢？我看着许多人在那里慷慨激昂地讲述着什么，我就感觉他怎么老是在扯淡啊。我已无和他们对话的欲望，这样一来，我根本不知道自己要去往哪里！天呐，有他们在，我们终其一生，都难以收获片刻的宁静。

我常常会怀念起小时候的饭场。那些在我家门前，聒噪过我幼小耳膜的人们，你们都去了哪里？ 求求你们再吵我一回吧，除过父母之外，你们终究还算糊弄过我一阵子，以后再没有人像你们那样幸运。 我们在这世上，能有一句话让人记住就不错了。 事实上我们说了一辈子，云淡风轻得跟没说一样。 我们说着上一辈子说过的话，我们的下一辈子继续说着我们的话。一个阶段，我们把重复演绎为一种完美，另一个阶段，我们陡然发现，连说一句话的勇气都没有了。 既然再不想说一句话，那就省省力气，索性不说了吧。

快慢场

你起来了，另一个你梦游回来，你和你自己打着招呼，你说去不去呢，肯定要讨论上一会儿，但总是有一个结果，你的生活在围绕着这个结果展开。 在一个场合，你以为该轮到你说什么了，你开始做着准备，可是临了却没有你的什么事；你不想发表什么意见时，突然有个人就提到你的名字，然后你脱口而出一些才华横溢的东西。 你说得太快了，别人即便没有听清，却也不敢问，怕怯场。 说得慢了，听者只能礼貌地选择睡觉。 你有时快也不是，慢也不是。 你在快慢之间意识到，这就是生活。

你走得很慢，像是一个郎中；你走得很快，你肯定是个差人。 你在看着你走，还絮絮叨叨着什么，你似乎是听进去了，又让人感觉没有用心在听，但是当那个人两个月后说该怎么办时，你告诉他，就按他两个月前告诉你的那样办，而他当时告诉你什么了，他已经记不起来了。 当你慢下来时，你什么事情都跟着慢下来，他们谈笑风生，你手足无措，静坐在那里时，思绪又是不连贯的，因为动力不足。当你快起来时，万事万物都异常迅速，因为时间不足，思绪依然显得不连贯，你像一阵风，你不知道自己所做的这一切又是不是一阵风。你唰的一下就被抹在了墙上，你孜孜的就被哗啦在了纸上，你从镜头前一晃而过，迅速得连你自己都没有看清。你最后发现，最快和最慢其实是一回事。

你开始是非常慢的，你发现自己身上的许多个零件都没有到位，都好像不归你管似的，你有时想大骂这些个家伙，真不知道疯跑到哪儿去了，有时又想想算了。没有谁来逼你，你的庄稼在那里静静长着，你的理想在那里远远放着，至于究竟能否达到，你也不知道，你在炕上躺那么一天，什么也没有变化啊，你在黄昏出来，四处溜达一下，你还跟大家打了几句招呼，试图探听一下虚实，什么异常情况也没有啊，没有人责怪你的不是。你家门前的场子，邻居在清扫时，顺便帮你整理干净了，不就是朝前再伸几胳膊抡几扫帚的事吗；你家后院里的草，别人也帮你收割了，也不就是挥几镰的工夫吗，回去还能多喂一顿牛呢。你这样就把自己原谅了，你紧团在一起的心绽开了，回家又可以睡觉了。

然而渐渐地，你发现生活还是出现了一些异常，你地里的玉米被人帮着拧掉了好多，你的麦子被帮助者顺手割走了一大块，你的菜叶子被掐掉了好些最鲜嫩的部分，连你的柴草也被掳掉了一大截子。你的羊，你的羊皮，你的羊粪，该你的一切，你并没有想着和人们争取计较这些东西，可是别人总是先下手为强，让你很是有了一种遭殃感，你说宽容一下不在乎了吧，可是你心里都觉得这样太便宜别人了，他们总是那么快速地拿走自己的东西，然后又来拿已经是你的和本该属于你的东西。之后，你强烈地感觉到自己被这些东西弄得灰头土脸了。人们在那里欢笑着，而你孤独地慢慢走开。

你怀疑自己的慢了：慢就是满吗？你是人群中很自满的人吗？自满就不愿意去降低档次吗？你是瞧不上那些小零碎的，你是看不惯许多小伎俩的，可是最后，这些小零碎和小伎俩反倒把你逼上了仄路，逼着你不得不开始择路。你一定要和众人同泯吗？原先当一大帮人呼呼而来虎虎生威时，你把自己的身体一提，然后自然地向上伸开双臂，把自己挂在头顶的一棵树上，再把自己的双脚缩上去，借着树叶的掩盖，在人们疯狂地在那里时，你只对树叶上的一粒水珠出神，你不急着下来，你知道过一会儿，这一群人就会跑回来，你在等待着把这颗水珠拨弄到他们的光脑壳上。

你要么还会站在屋顶上，你感觉村子周边都是水，全是村里人的唾沫星子，你能清晰地分清哪个是刘二的，哪个是林四的，还有他们的媳妇陈淑琴、王淑秀的，他们的唾沫星子和人都是一个长相，一样的轻重，一样的滋味，一样的颜色，他们争论也总是没有个彼此。唾沫星子在闪亮，来回翻转，流速看来没有消减下来的意思。它们汇成一圈水，在绕着村庄流淌。村庄本来就是一条大船，在绿色的海里，在白色的池子里。屋顶上的烟囱或者超出院墙的树是撑杆，我一下子就会把村子撑走。我对大方向是略知一二的。村子整个在朝前走着，你今天看见的村子已经不是昨天的了。绝大多数的人事都会跟着来，但还有些是跟不上的。他们被落下来。我忽然发现我就是那个被落下的。连鸡猫猪狗这些东西都能紧跟上，而我却在不知觉间和村子有了一些距离。我必须要赶上，这样我就要轻装上阵，我得抛掉许多东西，我为此又颇费了很多周折，这些东西它们几乎和我的身体融合为一体了，我先要和它们讲上半天道理。人家轻易地就会说服别人，别的一大堆人，而我天天在这里说服自己，收效还无限微弱，我和人家相比，自然又是慢了一大截子。我不知道要不要一头跳进唾沫的涝池里，把自己陶冶得轻巧一点儿。可是我刚一到跟前，就又收回了脚，我这样犹犹豫豫的，最后连唾沫星子都不理识我了，它们还要忙着转圈圈呢，它们选择着那些有用的嘴皮子去润湿，甩干了，空耗在我这里，对它们创造不了也带不来新价值。

在许多天里，我就在想着这个问题，一直也没有想明白，从我跟前快速过去了一拨一拨的人，他们像一股青烟一样消逝，他们不再催我，我求求他们等等我，似乎也没有人等，似乎还有人来撇了一句话，我们不是一路的。我看看野地上，只有这一条路啊，怎么能这样说。要么我还不走了，可又怎么能行，你不能挡了后面人的道儿。你想打电话叫个人来喝酒聊天谈谈理想什么的，结果电话不是占线，就是忙音，你最后谁也没有叫来，你只能自己孤寂地在陌生的小镇上走上半天。慢还让你功能齐全，快让你的许多零件改作他用了，不是原配，自然也就损坏得快了。这些，没有谁花心思认真想过。

一个人和另一个人相差无几，不分高下。唯一的区别只在快慢上。你有时候非常快地冲上去，可是到了却什么事儿也没有。你每天都在路上奔波，下午想不起来上午做了什么，晚上不知道白天做了什么，今天不知道昨天做了什么。你的脑壳和思维再清晰，到头来还是稀里糊涂，你对自己的成败得失总是心里无主，你繁忙的光阴全部消于无形。你所见的人一辈子不会遇见，你所经历的事情懒得有人来听，许多人只顾说完他该说的话，就去忙了，他们忙得没有一秒钟来听你陈述和抒情。他们还有很多想法没有落实。他们不明白自己最值得做的事就是怎样有价值地生存和体面地死亡。他们所有的消耗都没有在这两件事上大做文章，最后他们猝然离开，没有几天，他们已经和这个世界没有任何瓜葛，这是幸运还是悲哀？

城市里有好多场地，隔一阵子就空无一人。最喧嚣的最冷清，像大工厂，像学校。最快就是最慢。最热闹就是最寂寞。你和一个快者同去洗澡，你的衣服刚刚脱完，他已经洗出来坐在那里等候了。他朝着你笑，你是洗还是不洗，你是穿上还是站在那里？快的人是个裸体，慢的人也是裸体。常常，快和慢仅有的差别，无非是挂没挂一身油水而已。

先后门

门打开，门又闭上，门的闪动让许多事物发生着变化。门轴狠劲儿地在门窝里硬椎了一下，门窝里油多了，椎是滋润着，门窝里油干了，椎起来痛快着，一扇门上紧敷的灰尘被掸开，落到没被惊动的另一扇门上，等着另一扇门被推拉开时再飞回来。一扇门只对应着一个人，但不可能对应到永远。你今天进出的门，早已不是昨天的那扇。在你和一扇门每天打着招呼，甚至亲密无间时，你很快将又和它远离，十天半个月，以至好多年，难以相会。门是女人，终究是需要打开的，门的职责就是既会把你迎进一扇门，也会把你从一扇门里送出去。最幼小的孩子，尤其是小女孩躲在门背后朝外偷看生人的样子，是最可爱的，而在我们都长大后还有人改不了这个哈水涟涟的习惯，喜欢从门缝里往外看人，可爱得就和这个小人一样。也有人爱趴在门外透过一些细微往里看，或者在不远的一扇门里看对面不远的另一扇门，他想看见的无非也就是女人和门。

你的落地和别离都和一扇门有关。门上爬满了眼睛，门里跃动着心情。没有一扇门的生活不是生活，一切的劳作都是从门开始又从门结束的。门转换着你的角色。当你还是姑娘，就姑且在娘家门上娘亲怀里待上一阵，如果你比所有的人都幸运，你注定要比其他的人出走得早。这样会逼着你从速淡漠一些事情。男人无论在哪里遇见女人，都是必须把女人娶进一扇门里去才算数的，男人不顶门就无法立户，不倚门就总觉着不牢靠。门一关，男人就是外头人，女人就是屋里人。门是性别，是界限，是拥抱和分手之处。

有朝一日吉时，当你出了娘家门进了婆家门，你就是婆娘，至于成为谁的婆娘这并不归你管，一大帮婆娘的事情会自然而然找到你，每天都忙个不停，到处传道授业解惑，你不用着急。婆家门往往是破家门，还等着你来完善兴旺呢，你苦不堪言，你心气儿高傲，你肯定会隔一阵子叩开娘亲的门，说上几句委屈。你说不回去了，可是不等人劝，没过一晚你自己就会走出这个门，这个门里已经先后进了几个和你一样蓬勃的女人，你听见了某种召唤，你不知道自己的门闩门杠在深夜里插严扣紧了没有，一晚上都睡不安稳，一大早就又急急趄回婆家的门，把那些等着你的一大簸箩针头线脑归置到位。之后，以及之后以后，你分拣不出什么了，当俩人心气都足时，你们会互帮着把日子朝前能扽多远就是多远，当你们互相鼓不上劲时，日子被扔在那儿，越攒越稠，逐渐找不见要理的头儿、要掬起举高的抓手，要多脏乱就有多脏乱，你一天天再也懒得去管，你一天天被麻木耗费成了老太婆，门漆剥落，门环生锈，门脸枯黄，门头沟壑密布。一扇门永远为你封闭了，你再也走不进去，你老在了婆家，你在进出之间等待着这一扇门来把自己的一辈子关上。

你不能忘记自己离家的那一刻，人们管这叫作过门。照相机是叫摁快门的吧，戏文里是安排过场的吧。从一个门到另一个门的过程是要你受用终生的，你相对快乐是因为看到了别人似乎在跟着快乐着，你相对痛苦是因为你无法抓住自己的小命。你最后告诉自己和谁过不是一生。你就进了这扇门。这个被一大帮热闹的人费力叫开的门，原来一直沾的是几个兄弟的臭汗，彷徨木然，浑浊不堪。他们不知道谁会进来，谁会先来。谁都可以先请人来，这就看谁的造化了，一般的规程是要大麦先黄的，可是慢慢地也就不是那么死板了，你不讲究了怎样也就能将就了，谁先来都可以宽容，总之是一定要有人来，这院门里才会有起色。多年羸弱的院门经不起一个鲜衣女子盈盈一握，立即颤抖着就要散了架子。更换一个门是一种象征和昭告。要不了多久，在另一个村庄里，一扇门因此跟着另一个人瞬间大红了一下，随即对另一个人关上，她把那一疙瘩红，携带映衬投放在这一扇门上。这样的事情还会重复上几次，门才能消停，门接受和熟悉着她们的气味儿。要么两个，要么三个，要么甚至四五个，把一扇门的转动搅和得提速起来。开始自然都是客气的，都有相怜的，都憧憬着一团和美的。可是不会出一个月，门就又看见了新的脸色。这是门的命运。一个人不明白自己，弟兄们之间也说不清楚，一堆跟着弟兄们混日子的人，一堆从不同门里出来的人，适应适应再适应，往往会适应到了无法适应。有人鼓噪着出去，出去就出去吧，相继而行，向北而行。门一阵紧张后的轻松。在深夜里，一街两行里，门和门互相唠嗑儿，每一家门里无非都是这样的事儿。门就这么开闭上几次，一生也就交代得差不多了。

在这样的声势浩大的吹吹打打中，偶尔也会有男人来，他被认定是倒插门的。一抬腿一抬腿全是女子的人家，女子一个个出嫁了，留下来最小的一个，招人防老，男人就从穷的远的地方来了。一个男人把自己嫁到一扇门里，这需要更大的勇气，他从这扇门里出来，同样需要更大的耐性。他说话声音不大，他走路腰板不硬，他兢兢业业，他好像有个手艺吧，不精，似乎也能做个小本生意，不长久，但是他一直扑腾着。每几十户里，就会有一个这样的人，他来一个，或者也会带上几个，他们大多也是老实人，下着笨功夫。他们若脑子圆滑，早就拐上媳妇了，那些好菜叶都让赖猪头拱了的事，出得也不稀罕了。他们同样在撑持着一扇门。这扇门在暗夜里，照样会把他的故事讲得很动听。

一个个的女人，一院院的宅子，一扇扇的门，任何尺寸的门，任何材质的门，都是掩盖，是悬念，是隐秘，也是回避。它是未知，它开启了会带来安慰，它关闭了会下判决，它轻轻开启或许是最遥远的别离，它猛然关上又可能是最无力的表白。我们在门里轻松着，即便最熟悉的门，每一次开闭都无限神秘，没有谁能预料到他会受到什么样的接待。我们一生只能来回在有限的几扇里消磨掉光阴。听惯了柴门吱呀的人，可能听不了防盗门上的铃声；常推木门的手，一不小心就会掰扯掉一面玻璃门，而玻璃门怎么能叫门呢，顶多是个镜子。那些我们到跟前就退的门，那些把我们转进去转了半天又转出去的门，许多的门晃荡着我们，我们怀着希望把一扇门打开，最后又不得不无奈地关上它。

最先进门的不一定就最早离开，死缠烂打相跟上好不容易闯进门里来的，也不一定就能长守其中。我们的脊梁杆子并不能像一根门轴那样持续转上很久，而命运却随时准备着把我们像门上的灰尘一样一瞬敲起无处着落。当一扇门关上，就永远地关上了，谁也无法打开。我们的女人，和女人中的我们。

村学记忆

课间

这时候我听见了铃响。

我知道课间休息到了，无论是四节课的中间，还是两节课的空隙，时间都会相对长一些。教室里已经承载了过多的说教，需要长喘一口气，清空一些方面的内存。人也是，不可能专注于一件事情太久，前面的课听着尚可认真，连着上下来只有晕菜，课间是一个分水岭，是一个放水器，也是缓冲和更替。老师片刻都不想多待，他待在这里也没有用，不会有人问他，探讨一些关于他那些一知半解的专业的问题，永远不会。他正准备着把后腰的瓜铲别好，他摇身一变，要去地里忙活了，他和他的学生们的生活，一半是耕，一半是读，甚至在有的时候，读只是在耕作的繁忙间隙里来务个心慌。读是耕的课间休息，被广大田地和浩荡庄稼包裹着的小学校园，似乎也只是田地和庄稼们的一个课间的休息。

我前面的女生又开始了撕纸，她从本子的后面撕了一页白纸，她把纸在手心里团住，似乎是使劲地揉捏几次，又衬平轻摆几次，展开，一张本来粗糙生硬的纸就被她捏揣得无限软和了。她把纸攥在手心里，摇着小身板出去。教室里的同学们也都零散地出去，朝茅房去，剩下的就在教室后面大声说话，说着几个村子里的新鲜事情。我必须在广泛的人流之前或者之后出去，那个破地方，容不下多少人，大家一起站在那里扫射，那几堵破墙怎么受得了。那女娃娃们就更没处蹲了。我出来后也不会与我的那些同学们站在一起。我在课堂上已然很是优秀了，我就不能在课间时与我的前后左右攀谈，这样会让他们更不舒服，我得替他们考虑。我朝园子里更远的其他的地方去，去到一群更高或者更低的学生堆里去，乐于跟着他们看热闹，并且时不时斜眼朝我们班级那边瞅瞅，看着那些同学要么挤暖暖，要么偷着互相点烟比学着吐烟圈。他们从来都不会说课业的事情，从来不会，他们知道自己生来就不是读书的料，把书揉到嘴里也不管用，一学期下来，他们的课本作业本也就没了踪影，他们注定会把课堂上听到的都还给老师。他们看书认字头比身子都大，他们的身体构造里，天生不需要这个，就像我，天生不能吸烟，我也跟着他们学过，可是学不会，只能学着他们把燃了半截的烟塞到墙洞或者树洞里。

老师在课堂上也会问到他们，答案只会引来一阵欢笑或者更大的沉默。老师是不满意的，脾气再好的老师也是不满意的。但是必须的，老师必须先问到他们，这是一个铺垫，一个预热，是一个过程，老师借他们来活跃气氛，我知道到最后老师总会问到我，虽然我一贯是缩脑低头，我心里还是很清楚，老师接下来叫的肯定是我的名字，我是那样自信，我也不知道为什么，往往只有我才会知道那个隐藏的正确答案，会一语说到老师的心坎上。一些事情看似简单，对许多人来说，却根本弄不了，这是事情在等着那个有缘的人，事情会在他或她的面前迎刃而解。那么我就得在刚听到问题时用笔在草纸上划拉组织出这个问题的要点。在听到点名后，唰地站起来，噌噌噌地回答完毕。老师的脸上满是笑容。他慈爱，她美丽。用眼神或者手势，示意我呼啦坐下。我就这样有意或无意地被老师训练成一个外表的象征，一种内心的慰藉。我没有让他或者她卡在那里下不了台。我帮了老师一个小忙，同时也帮了我的同学们一个大忙。不然这样的无效还会持续下去，不管谁被问到，都会结巴上半天，出一身的细毛汗，白白耽误大家虽然也不值钱的时间。

但是起初我也常是遇到这样的难堪的，老师让我朗读一段英语，完后问，对着么？我说对着呢，老师把他的又黑又大的眼镜框凑到我脸跟前小声说：对你舅的脚后跟呢！就在那一刻，我脸红得像热水烫过搓红的脚后跟，我因此发奋不能让老师再说我舅的脚后跟！我做化学卷子，答题的空白处写得洋洋洒洒，自觉答得很是正确了，老师往旁边批了一句很有文采的话：你这是在写散文么？我拿着卷子，烫手，因此也就开始天天亲近那些化学元素，然后在多年之后准备送给老师一本散文集。我起初一点儿也看不懂那些打着应用题标号的数学题，两只蜗牛为什么要在一棵树上爬上去几米，又溜下来几米，也弄不明白从两个水管里往水池里注水，却总也注不满，还有两个人相对而行，两列火车对开，何时相遇。我苦想了很多天，苦练了很多天，最后终于想清楚了一点点，可是在我之后的生活里，却再也没有和它们相遇。我知道当时这样稀里糊涂不清不楚后反向带来的强盛的耻辱。我得消灭掉这种感觉，我必须要让这件事情不厌恶我，我的超常规的努力最后终于减轻了自己的些许负担，而这样一个人冒出来，也让我的老师和同学们放下了沉重的包袱。事情顺利地进展到下一个环节。当然我并不期望他们就此感激我，他们永远不会，不会帮我占一个茅坑。当每个课间来临，我照例会与他们拉开距离，顶多进去掺和搅扰一下，旁听侧站一下，就很快出来，我与我不欣赏的人事，从来都只能做到仅仅是小有同流而永不合污。

我需要去外面转转，呼吸一些新鲜空气，接触一下特别的信息。我要去树林子里看看，昨天抽出的新芽又往外冒了多少，要去另外的教室里看看，黑板上残留的黑板字写的是哪些神秘的内容，去报栏前站站，这个村子之外又发生了什么与我毫不相干的事情。甚至走出校门，看着我的父老们大暑天在田地里作务，就觉得自己能坐在凉房里真是愧疚。而在这乱转的闲览里，我最后确信我又比别人多了一些什么。

等我把这几个点都跑完了，正愁没处去时，铃响了。我脚步轻盈地随最后一个人，在老师之前，走进教室，开始期待下一个课间的到来。

奖状

我又一次看见了奖状，是在乡间一所新盖的二层楼房的兼作客厅的正屋里。

我上次看见奖状，是在这幢楼房的前身，亦即主人的旧宅里。那是一间低矮的砖瓦房，昏暗，破旧，但是墙上贴着的奖状，一下子使屋里明亮开来。新旧在几个月时间的交替里，想必许多东西都被扔掉了，可是这两张奖状还在。可见它们在主人心中的地位何其重要。也或者，那两张奖状只是代表着过去的成绩，谁喜欢躺在功劳簿上止步不前呢，那就让它们随着旧房的淘汰而成为纪念吧。这两张奖状，应该是孩子新得的，算算这中间刚好隔着一个学期的过渡啊，它们及时而至，赶来庆贺着新房子的诞生。新房里的设施相对简陋，盖这样大的房子，对于主人一家来说，已经耗尽许多年悉心积攒的人力物力了，能够顺利搬进来居住，埋锅开火造饭已然很是不错，所谓家具等日用零碎物品，再慢慢添置吧。而现在，整个楼上楼下的框架布局里，最醒目的装饰还当归属于这两张奖状。它们是房子的点睛之笔，是灵魂之光，闪耀着金黄色的吉祥瑞气，让屋里屋外显得一派亮堂。它们被主人粘贴在正屋冲着门道的墙壁上，客人仆仆地自外面挑帘进来，搭眼即见。墙面是新白色的，地上也是银亮的瓷砖，新盘的土炕上铺着蓝印花布的单子，刚做的被褥大红，屋里相对崭新的一切都在衬托或者互相映衬着这两张奖状的荣耀。客人在屋子里坐下或者站起，说话间，总忘不了要走到这两张奖状跟前去瞅上两眼，然后回头来朝着主人，夸赞上几句两个孩子的出息，让主人脸上浮泛起喜悦和骄傲之色。我也经受不住奖状的吸引，走到跟前仔细端详了一会儿，还用相机拍了几张。奖状不大，字也不多，乡村学校钱紧而讲究节约，不过小车虽小，钱却比拖拉机还多，有分量又何必在乎个子碎呢，隆重地颁发给孩子就是天大的鼓励啊。试想想，在全校或者全班师生的注视下，一个小不点儿，站在主席台上，从校长或者班主任的手中接过奖状，举过头顶，这是多么荣光的事情。我在上小学时，每年每个学期都会为这张奖状而发奋刻苦，领回奖状后，母亲把它们小心地贴在墙上，在有客来时一起微笑点评。这真是做母亲的最真正的幸福。我想这种源于奖状的鼓励会贯穿孩子的成长经历，会在孩子身心上一直延伸和持续下去，它会成为一种无限美妙的自信，一种源自内心趋向于强大的力量，激励着孩子向真向善向美，成为他们性格塑造的一部分，从而逐渐把自己催生为一个优秀的人。

现在，一张写着“奖状”、贴着金边、绘着红旗勋章等饰文的纸，被作为一个农家新居里最好的饰品，被最先想到和发挥到充分。它向世界宣示着获奖者的名字，讲述着获奖者的事迹，它让获奖者为保持荣誉而再接再厉，把它演化为一种常态的行为。它同时也是主人的一种暗示和教育，它在那里无声地告诉孩子，你已经做得很好了，你一定不要停下进步的脚步，你再朝前努力一步，就会有更大的夸赞和荣耀在等待你，而如果你退步了，得不来奖状，人家看不见了，就会笑话你的。在每天睡觉前，吹灭灯的那一刻，孩子也会盯上奖状一眼，牢牢记住奖状的辉煌。这样一来，责任和荣誉通过奖状被移植进孩子的内心，有时其作用似乎远比黄袍加身威力还大，那么这个孩子被教明白了这一点，他慢慢长大，即使再淘气甚至再坏，也不会坏到哪里去。我在城里见过一个老父亲，他从家乡生产队的队长起步，一步步努力打拼，终于在省会里的黄金地段打下了很大的一处家业。在他感觉到自己心力快要耗尽无法猛跑之时，他把它们整合在一起，捆绑传给三十出头的儿子去全部打理，自己慢慢隐身到了幕后。他让孩子放手大胆去做，那么他还要做什么呢？他主要做的就是多给孩子争取些荣誉，他把那些只要是差不多的头衔都给孩子戴上，无论是政治上的经济上的文化上的还是民间组织的，只要闪现着那么一点儿光环的，他都争取来，成为儿子一行一行长长的简介。当有人不理解时，觉得一个年轻人正可以一门心思搞实业，何必给予这些虚名之累呢，他说，你们有所不知啊，给孩子多戴些二尺五的高帽子，孩子就不会有闲心和贼心去吃喝嫖赌啦，那么年轻，容易被诱惑，又怎能经得住诱惑，一大堆好吃懒做的女娃正在旁边守候着，要伺机扑来的啊，一大帮宵小之徒，也要寻情钻眼而来称兄道弟偷鸡摸狗的啊，现在有这么多荣誉在身，就得珍惜这些虚衔，好面子了，也就丢不起人了，专注致力于事业，虚事也就坐实了，长辈和社会也就少操这份心了。我钦佩于他的这种教化和约束方式，他确实更高一筹。还有一个朋友，也曾告过我他的一件奇遇。他已然通过自己的努力，在社会上多少有了些许名气，某晚酒后，他被几个哥们儿拽着去歌厅练歌，为防止麻烦缠身，几个人还专门找了一个城郊偏僻之所，并找了小姐来陪唱。中途他出来解手，正愁找不着厕所时，谁知一个服务生过来说：X老师，卫生间在这边，我带你去。他吃了一小惊，完事后就几乎是落荒而逃了，之后再也不去那类场所。我知道他是在珍惜着自己的荣誉，极不想使它毁于小恙。

多少年来，我在外也见过和领教了众多为了获奖不择手段的事情，为了所谓的发展，而发展出的那些你争我夺的卑劣伎俩。相对这些，这几张贴在乡间墙上的奖状，则让我感受到了扑面而来的单纯与可爱。我私下觉得，它的含金量要比许多奖章更高。它是那么纯净。在它面前，主人的自豪丝毫不掺杂渣滓，孩子的荣耀由衷而发，客人的赞誉也毫不打折、不吝啬和应付。是的，上辈子人的全部辛苦与努力还不是为了孩子好，只要后辈争气，人丁兴旺，那种气势，要远远胜于三间大瓦房三层小洋楼在乡间的傲立。那一天，我长久地瞅着那几张奖状，以至于我离开很久了，它们还像金饼一样贴在我的脑海、闷在我的心窝，熠熠闪现在我的眼前。我因之也怀想起那些我小时候得过的奖状们，世事变幻里，不知道它们都去了哪里。哪怕有一张存世也好啊，我会把它重新裱好，装置在我的床头，摆放在随时能看见的处所，无论我在何处漂泊，都不会丢掉，每天与它相视哪怕短短的几分钟，都会让我倍增心力。我也想着能再有那么一天，我能幸运地站在大操场上，红旗高扬，喇叭歌唱，教导主任大声喊着的那个名字，把我从人群中超越出来，在那些羡慕的眼神里，我小跑前去，领取回属于我的那一张奖状。虽然我的个子不高，我也一定会尽力让奖状升得高高，以便于让全校的人都能看见，让全村的人都能看见，让全部修理地球的人都能看见，让那些在路上走的停下来，在窝里斗的钻出来，让在空中飞的看下来，让那些万众的瞩目把我因兴奋而红通通的小脸庞统统罩住。这样我整个人就变成了一张奖状，呈示在天地之间，献给父母、献给老师，献给所有关照呵护我成长的人们的，献给万众万物，献给最小的一株草的，一张最美好的奖状。虽然此后很多年间，我仍然不断地在收获各种各样的证书和奖金，有的甚至无限的堂而皇之，但是啊，唯有小时候的那一张张奖状，带给过我最为浓烈和浓艳的激动。它们让我把奖状一直领下去，即便不再重视或者亵渎奖状的年代，也要珍视每一份来之不易的肯定着自己的荣誉。

我怀念奖状和领奖状的我。

暗格

我坐下来听课，或者放学回家前，都会把课本和作业本放整齐，按两排对茬摆放在靛蓝色布书包里。一般是书一排，本子一排。或者语文类放一排，算术类放一排——我似乎只有这样两门课，但这已经很是让我费神了——最后再压上文具盒镇住它们，这样书包整个就被压瓷实了，省得这些书本在跟随我乱走时被颠得在书包里到处晃荡。文具盒像书画家创作时的镇纸。镇密后，书包自然下垂，背上走着就不会吊打屁股和双腿。我那时往往是斜插着背书包的，不会背在一肩，学着解放军挎背黄书包的姿势。这样就需要母亲把书包做得刚巧合适。母亲在每个学期开始前都要根据我的身高胖瘦和书本轻重，给我修正一下书包，她心疼着她的孩子，这个修正因此被母亲暗暗拿捏得恰到好处。

在每个学期开始前，母亲还要去集镇上给我买一些学习用品，本子是其中最多也最重要的。做数学题的叫作低算本，做语文题的就叫生字本，等等，每次都要买好多，足够我习练一阵子了。这些本子里多排满绿色的方框，或者淡红淡绿的横线，刚买来后和新课本一样，翻开后凑到鼻子跟前，能闻到淡淡的墨香和草香。这些本子是这样便于书写，但是在这其中，往往还会有一种本子，搭眼看去里面只是不太纯白的纸页，没有明显的横格方框，没有了什么限制的，初学的我根本无处下手，在我还没有强大到能够自律之前，我必须接受这些条框的指引，不然就很慌张得根本不知道怎样进步。我认定是母亲买错了，就拿去提着本子甩开给她看，说这没有格格框框线线的没法写啊，母亲说，怎么没有，你仔细看看，就会有了，你要顺着那条线写，别写偏和写斜了！我就瞪大了眼睛趴到本子上去看，像要把本子吃了一样，就在这样费劲地正看、侧看以及反看之下，果然那条隐秘的丝线出现了，它经不住这样的搜觅，被我抖动出来了。线条其实还是很细密发亮的，我不知道它是怎么样用力压上去的，不知道是什么样子的时髦机器玩意儿，做活这么精巧。如果让一个人去干，怎么受得了啊。接下来，这样的本子给我书写时出了道难题。方框本子的字周会被框格围住，这些本来就和我不是很熟的字，我虽然有时也管不住，但它们听框格子的话，有了约束时，就乖乖的根本不会乱跑。同样在横线本子上书写时，字相对也就会在线上活动，横竖都是一条线，差不到哪里去。唯有这种暗格本，写起来总会让我收敛不住，字从一开始即七扭八拐，到处游耍，它们终于逮住机会放了羊了，得着自由了，它们散开了天性地散跑，任凭我再怎么叫，也叫不回来，它们在朝我挤眉弄眼，在朝我嬉笑，它们说这不是我们的错啊，是你自己管束不住啊，是你自己的放任造成的啊，它们的言行举止让我难以苛责，以致毫无办法。我无奈地看着它们，一行和另一行不是交集就是阔别，像地里旋耕机撒种出的麦子，一窝蜂地没有约束地疯长。它们直接影响着我的表现，这样不行，我得想着把它们集聚在一起。有着经验的姐弟们告诉我，可以用手肘遮挡着写，也可以用尺子逼住，然后在尺子上按线书写。好啊，我就赶紧找来尺子。可是一行下来，新问题就又出现了。每个字写到最后来不及收笔，就被尺子一挡，笔画顺势一划拉，字根全部纠结连缀在一起，成了大写的一字。等于就是自己给自己打出了一条油墨的横格，我发现许多同学到最后都是这样的结果。

当然办法总比困难多，一回生二回熟，第三第四回之后，这些问题慢慢也就解决了。比如我渐渐能够拿住字而不是字拿我，比如我跟这些字成了好朋友有了默契而我的手劲慢慢增大之时，我就可以把笔抬高，字写得相对就较为清爽了，运落笔放得厚实了，字也就写得滞重，一笔一画成模成样了。我这样逐渐朝行中写，逐渐习以为常，字看起来也就写得轻松和整齐了。

而我今天之所以还会想起这种暗格本子，主要是想说，它还是或深或浅影响了我的书写习惯以及为人做事的习性。起码有两点表现得十分鲜明和突出。之一就是不太愿意受到约束。我在按照这样明暗的指引，进行着有约束和规范的努力时，事实上整个心性是执拗地朝外走的。亦即在内心里控制愈是增强，在行为上则愈是松散。我喜欢明处生存，又必须着力在暗处使强。我想成功可能就是这样的一场时间较长的潜伏和逡巡。大地是平整的，没有谁在那里刻意地划出行距来，只有行家里手才会种出最为美好的图案。之二就是被催生和养成的一种暗格心态。暗格其实一直都存在，在每个行业，在人生的每个阶段，甚至在每时每刻，这个暗格无处不在，它悬在头顶，它抽在脑际，它凸出在手掌脚心，它印在眼前，它浮在心海，总之它寸步不离我的左右，我一望眼一回身一踏步一转念间，就会出现那一条细白而明亮的线痕，提示我的行为尺度。在这条线上下，可能会有些不适应不整齐，但俱是无关紧要。而一旦跨过，事情就会变成一锅粥，局面就会失控，人就会不再自主，麻烦随之出现，一个接着一个，直至万劫不复。一张纸可以轻易撕掉，一些错误也可以更正，可是有些时候，一个人走过了根本就无法重来。在这条你参考着规则给自己悄悄压制的暗格面前，你的耳根要硬，你的眼光要毒，你的腿脚要正，你的所有都要有主见。你可以容忍别人说你是另类，但决不能是败类。暗格，它是一条适合于你的潜规则，是你的本分，也是你的变通。抬头三尺有神灵，注视着你，规劝着你，监督着你。堂堂正正，轻轻松松，规规矩矩地走下去。那些疯狂的人们啊，当你妄语妄行的时候，请慎之又慎吧，请胆小一些吧，不要以为没有什么，在暗处，都是眼睛，在暗处，已经为你准备下一个格框。暗格是自律时的格调，也是自大者的牢笼。暗格是天地的广阔与逼仄，也是明晦的隐幽和光泽。一切都在于你对自己的书写和背书。

饭香

开始似乎什么都没有，但是只要拐过一个弯，走进一条道，或者推开一扇院门，或者再穿过一片阴凉，饭香立刻就会扑面而来，挠你的鼻子，挽你的手，胳肢你的脚心，张大你的嘴巴，挖苦你的肠胃。饭香出其不意，速度极快，不达目的誓不罢休似的，立即会将一个人全身心全方位地占据，如果这个人正好肚子饥饿，这种突袭会让他或她很受不了，身体孱弱的就有被震撼击溃的危险，就像一个青春萌动的小男人，日夜一直渴求着接触女子，可真逢着了，仅仅他心仪女子的一阵体香就会裹挟拍打得他找不着方向一样。

通常状态下，饭香含混，是片片的连结，是噼里啪啦的响动，更是浮浮的暗涌。这样的综合交织吸取熬制会使得饭香更加醇郁。一天最少有三顿饭吧，但饭香似乎只有午时来得最为浓厚、实在和饱胀。最好有阳光，阳光晴和地映照着，不要太热，热了人容易烦躁，就不能静心品味，也不能太冷，凉风飕飕时刻人只想疾疾而去，饭香的细节也就会被风分散站立不稳，而易于被忽略，或者也不好被行者恰切地捕捉。如果没有阳光，也必须有那么刚刚顺路的气流捎来。总之在饭香的传输过程中，天气条件么，其实只需要有一些不热不冷的煦风，有一地不远不近的明光，就完全足够。人也要少，人多了响动大，嘈杂，喧嚷，饭香就不能酝酿得到位，也不会被人悉心感悟得到。归家来的人也不能太过于饥肠辘辘，一路鸣叫甚至号叫，那样一门心思想的就是如何更快地填饱肚子，根本不可能分出片缕闲心论及香飘七里的。他急迫想要拥有和抱持的只是大吃一顿的生猛。在饭香满院浮浮的一刻，院子里街道上最好是有一只鸡，闲闲地觅食，偶尔小啼两声，有一两个村童，自顾自地玩泥，间或脆声地吵上几句，被母亲隔着灶房的窗子叫着名字时，却头也不抬，装作耳朵聋了，懒得回去吃饭。浓淡相宜的馥美的饭香就是在这些综合因素发酵中散发出来的，它又让这些沉湎于其中的元素更见情致。这样说来，春天和秋天是饭香制造和传播的最佳时段。春天里有着草木花蕊充沛的补充和配给，秋天里，那些新打下的庄稼则急于要整个世界打开自己。而春节里的饭香，则无疑是一年里最为汤浓味鲜的了，那更是因为在平常饭锅里，又加上了衣食饱暖与人情团圆的熬煮和滋养产生的良好效果。

饭香美好，我每每放学、下班或从远地归来，在望见家门的一瞬，也就接受到了早已等候在那里的众多饭香的迎迓。而我则能从这飘来的丝缕中，在这弥漫、回旋、浸泡里，顺手一掐一展，找着我家的那一滴菜油，一粒盐，甚至一滴水。继而从这一点儿口味的源头，看见母亲在厨下锅头案板间的忙碌。一个家里的饭香和另一家的不同，一个村子的饭香和另一个村子的不同，一座县城的饭香和另一个县城的饭香更是区别大了去了。一个母亲绝对不会做另一个母亲的饭。一个当家的女人，至少会拉扯着四五个人的生活方式和别人不一样，她会试图培养、训练甚至静心打造牵制住这些脾胃、生活、生存、生命等等。但有时候，一个锅里搅勺把的人的运命在后来都有可能相距千里，那么一个村子里出来的人差异就会更大。有的饭香里永远闻不着某种调料，而有的饭香里则永远飘不出某种蔬菜的体香。饭香在总体上是一个面目，但在细分上却要严格出好多种香型来，像香水的味道不同，像发型的变换相异，像脾性的迥别。一些饭只认一只碗、认一口锅、认一只陶罐、认一只提陶罐的手，也只认一双筷子、一张嘴，只认一个人。如果稍微一轮转一更换一不对味，饭香就会减去一半，甚至全部莫名其妙地消失，不是被器具没收压制得散发不出来，就是自己突然没有了半点儿心情释放。一些饭也只能依靠一家地里的庄稼做成，依靠一双手掐过的青菜、泡过的豆芽、削过的土豆、切出的菜丁、揉过的面、淘过的米做成。一些饭也只能在一个屋檐下做成，在几个熟人的围拥、帮忙和渴望中做成。如果缺了其中任何一块儿、一丁点儿元素，疏忽一下，氛围和情绪欠了，香味都不再地道和纯正。变化会很明显和加快，让人来不及预防和补救，一切都会在瞬间寡淡。长期习惯一种饭香的人，对另一些饭香同样也很难接受，一种饭香会让人变得苛刻、吝啬，即便另外的饭香再华美、再豪奢，也无法容忍。但是，但是这些也都算不得什么，在赤地千里不见一缕炊烟，在春天里奈何，夏天里害饥，秋天里凑合，冬天里愁苦，在青黄不接，没有一细溜饭香传扬之处，这些都显得那样矫情，甚至是那样搜肠刮肚地让人倍感耻辱。是的，只要有饭香四溢，就是好年景，那些真正关心民生疾苦的政要们，走进任何一个村庄和家庭，揭开粮仓和饭锅，看看老乡们端着的碗，都不会慌张，即便一个正在愁苦无主的乞讨者，在这时候也都会眉眼舒展，心稳神安。

而对于一个远道归来的游子而言，从闻到第一丝饭香起，浑身已经倍觉无限的轻松和舒坦，他在外随风飘着，什么味儿没有闻过啊，而唯有这样的饭香，让他迷醉和感慨。那些永远居住在村子里的人，只要在饭时有饭香常飘，吃了上顿不愁着下一顿，生活里就会有阳光，就会耸起鼻子闻闻，咋咋呼呼不由自己地慨叹上一句，这是谁家又在炖肉啊，饭香能把人逼得嗝倒。当锅盖揭开，香气肆意鼓动出来，飘出窗子，飘出门，二门和大门，附着在每一片树叶上，每一张瓦片上，每一场来往的风中，照耀着、包裹着、发散着，奠定得人心底无比踏实。这些香味就是故乡的香味，是童年的香味，是母亲的香味，是一辈子也永难忘怀的生活和生命的香味啊。

贴地飞行

土在飞

我在村庄里静坐下来，或者站在别的地方来看，或者多年以后重归故里，我的这一感觉从未改变，那就是无论我在与不在，村庄一直都在走，朝外走动。村庄隔一段时间，就向外走一截，走累了就歇一歇，相对于村庄里许多年轻人急匆匆外出的步伐，村庄一点儿都不着急，多年来形成的习惯不是说改就改的，他们有的是积攒下的光阴，等着去消耗。有人在村边盖房子，村子就借势朝外挪一步，盖两间房子，就挪两步。像下跳棋一样。有一阵子盖得多了，村庄就被拽着走得稍微快一些，一大步就豁出去了。这样一来，村庄有些不适应。就会吁吁喘气，那些新房顶上冒出的青烟，就是村庄的呼吸。而那些原来的村庄，就是他自己脱下的壳，像蛇皮，蚕的蛹，知了的前世。这些东西村庄司空见惯，它们潜移默化地影响了村庄的行为方式，当然其中起重要作用的还是人，那些出去的人们隔三岔五捎回的信息让村庄听得耳热心跳，村庄如今起了出去看看的心思，明显是受了他们的蛊惑。

其实村庄不走也不行了，长久地待在一个地方，到头来除了不停打瞌睡，还是瞌睡，他感觉自己的心在逐渐衰老，一年年老成了一缕风烟。那些消息激活了他，于是村庄常常在不由自主地旋转，被旋转。他的感觉经常是旋幻的。中间越来越老，或者是越来越陷下去，像自制陶坯时的样子，又像一种褐黑色的蛋卷。周围的房子越盖越高，也越来越新。中间的老房子被裹在其中。旧的东西永远都是这样被裹挟着前进的，慢慢地，这种裹挟越来越快，旧的东西承受不住，就会被甩将出去，甩得七零八落，直至一无所有。

村子的走动带动了许多东西都朝外走。其中浮土的表现最为典型。他们几乎无时无刻不在游动。随人脚随畜生的蹄，走得无影无踪。在大地深处的一粒土，被一只老鼠带到地面上来，他开始还不习惯，青涩着脸，一派执拗和不合作的样子，但是不到一个钟头过去，就晒得没有两样了，慢慢发白，继而迅速风干。如果恰好有那么一股风来，他就会离开村庄。风小了，他飞着飞着，就会停下来，和小麦、玉米、棉花等等聊上一会儿，或者给最微细的一片草叶吹吹他这一路来的见闻。比如一男一女在野地里干啥干啥呢，把个孤陋寡闻的小草听得直流口水，其实许多都是他瞎编的，可是这片草却当真了，从此就一直幻想有那么一天，有人来把自己也压在身下。

而如果风大了，这粒土有可能就会飞得更远一些，任凭村庄强力地呼唤和挽留，也无济于事。风是从什么地方来的已经无关紧要了，之所以说没有谁能自始至终坚守住自己的家园，是因为其中的一切本身就不是静止不动的啊。我们今年看到的土，明年不一定能看到，他早已经悄悄溜走了，去别人家的田地里长庄稼了，我们以为脚下踩的还是同样的土地，他其实早跑了，他们有很多种离开的方式。有人说，春天来时，草都开始暴动了，那么雨水来时，土暴动得就更厉害了。他一不留神，甚至突然就会把人淹没了。土总是忽悠着，使劲努力着让庄稼扎根，可是土自己从来都不想扎根。土随时都准备着远走他乡，风看出了这些浮土的心思，风心里一阵窃喜，开始对着他们大吹不止，说他们天生是要干大事的，怎么就甘心窝在这僻壤里长些小东西。一些土没听两句就受不了了，呼啸着，从故乡拔地而起，浩浩荡荡，从北向南，飞向远方的一个个城市。

他们是来寻找我的吗？自从我那年离开老家，到这南方的城市里讨生活，已经很久没有亲近他们了。他们许是想我了，像我当年趾高气扬地离家出走，做了同样不计后果的事情。他们肆意地吻舐着我依旧粗糙的脸庞，他们的想念是那样炽热和强烈，以至于慢慢成了拍打，就像当年我在田地里，像拍孩子的小脸儿一样，把他们之间的磕磕绊绊拍打得又光又滑。但是情感归情感，我还是很严厉地呵斥和苛责了他们这种不负责任的态度。他们的确太不应该这样意气用事了，南方还有许多新贵人，让他们灰头土脸多不文明啊。南方虽然也有我们的乡亲，那些在建筑工地上卖力气的爷叔们，那些在私下里出卖智慧和身体的青春勃发的男孩子女孩子们，可是并不见得每个人都会像我一样，留恋故乡一粒土，不恋他乡万两金啊。你看看那些女孩子，尽管她们的皮肤里多多少少都还夹着故乡的土，可是她们却竭尽全力地想要把那点死缠在身上的土抠掉拨开，像起初拨开缠在身上的什么人一样，想要把自己收拾得看不见丁点儿土气了。土这样一视同仁不加鉴别地一味见人就扑，这是极端不成熟的行为。土们听了我的劝告，锋芒渐渐收敛了一些，但他还是需要一些工夫思考自己的做法究竟值不值得，他总是要再经过几次反复才会似有所悟。他的心已经静不下来了，因为后面的一些土看着前面的土走了，也不能安心地再在村子里待下去，也纷纷叫嚣着要出来，这样的前赴后继，再不会有停下来的一瞬。那么在这异乡，我其实并不孤单，因为那每一粒飘浮在空中的土，都有可能来自我的故乡啊。我不知道土看见我原来一直都在外瞎混之后会不会失望，我每天要干十多个小时的活，我连上厕所都得提着裤子争分夺秒，我和许多人挤住在小得不能再小的简易棚里，我这样流汗流泪流血可是到年底我还是不一定能拿到辛苦钱不一定顺利回家……唉，风才懒得理这茬呢，那许多片村子的土，许多粒外省的土，或者落满我一身，或者集合在城市的上空，或者纠缠在城市的角角落落，照应着我们漂浮不定的人生。

这是那些走远的土和他们灰头土脸的生活。而那些不愿意走的土就一定很安分吗？也不一定，他们只是有些胆小，或者不愿意耐那个烦，他们死守在村子里，却总要折腾出一些动静。不然村里人就只会说起那些走出去的土，让他们自惭形秽抬不起头来。他们不停地想着要制造变化，其实一些土也经常出去，他待在人身上，出去逛逛县城，走访一下其他村庄的亲戚，很快就相跟着又一起回来，有时甚至还捎带回一些其他村子的土，晚上睡觉前，再把他们从鞋里倒出来，从身上拍下来，像家人一样一起过夜。还有一些土，经过厨房，看见热气腾腾的锅刚一揭开，自己就顺势跳了进去，这样人吃馍时，就总感觉有些沙子硌牙。晴好的日子里，我以某种堂而皇之的理由招呼来一些土准备开会，却趁他们不注意，兜头浇下来凉水和轧碎的柴草，统统搅拌成泥抹上光墙。我这样不管他们同不同意的做法迟早会遭到他们的报复。看啊，一堵墙，刚垒筑起来时还好好的、新鲜的，可是当我们坐在墙对面，眼瞅着眼瞅着墙就往下掉土，一天天矮了下来，邻家刚刚成熟起来的女孩走过去，她躲在那里偷偷看着南方来信的样子，我们都能看见了。那么这一定是土自己要往下掉了，他觉得老这样站着没意思了。人没有办法只好另派一些土上去换房，房子上的墙皮、椽檩等都是这样。而这样倒腾几次，人就彻底感觉没劲了，就说还不如另盖一所房子呢，于是，村子里又掀起了一轮运动。

许多土已经离开了，可时时刻刻，还有那么多土，源源不断落户到村庄里来，所以不要发愁，你看，土飞扬了起来，那些个村子被裹挟着，又开始朝前走了。

泥翼飞

一条路伸展出去，另一条路向另一边伸展出去。每一个乡村都会长出至少四五条路。他们是村庄的翅膀。他们在承载着村庄的飞翔。每一个村庄都在飞翔。每一个村庄都是夜猫子，村庄白天停歇在那里迷茫在那里。他看着人们越活越可怜，他就滋生一些可怜的想法让人们瓜分，他把翅膀借给人们去大大小小多多少少地实现这些想法。他把夜晚留给自己。他需要在最深的夜里飞出去溜达溜达，换换空气，换换思想，因此他每天晚上都要飞上一圈，不然村庄没有办法生存下去。他需要把很多东西排泄掉，天亮了再来接着收纳这些垃圾，无穷无尽的垃圾。他不愿意在深夜一张眼就偷窥到那些所谓的秘史，不忍心看着熟悉的男男女女一个把一个轮番压在身下，互相压榨，无情无义地压榨。或许是受到这种情绪的感染，他也想着要到别的村庄走走亲戚，看看朋友，抽空会会红颜的知己。但令村庄没有想到的是，他的这种夜翔和路翼的扇动，却连带出了更多的变化。比如一粒粒昨天还埋在土里不吭一声的种子，突然就会在晨起顶出来一片片嫩芽，一片正在平静茁壮成长的麦田，呼啦啦就会被推搡着一阵七扭八歪继而倒伏，带给清早下地的人们一阵阵惊喜或者惊慌。

是路在为村庄安排这些事情，导引他飞行的方向，翅膀朝哪边飞，村庄就朝哪边思考。他有时会朝一边多走一些，有时又要朝另一边折回来几米。因此有一阵子，人们会看见村庄在向东蔓延，在向西倾斜，而过了一阵子，这些蔓延和倾斜都会被削弱和纠正，村子原封未动，村子很用力地保持着飞翔的平衡，依旧不偏不倚地中立着。不过谁也不能保证他的飞翔不会出一点儿故障！终于也有那么一天，总会有那么一天，村子的头头脑脑实在被自己的肠肠肚肚熬煎得厌烦了，就索性飞离原来的村子，或者是他的翅膀出了问题，他眼看着村子很近了可就是飞不回来了，他找上一块好地界窝在那里，白天不着家，夜晚也不归宿，而这样过不了几天，村子里的人、树、家畜们就感觉到了这种变化，开始发毛了，在一阵激烈的思来想去后，集体跟过来。村子栖息在距离原来村子不远的地方，看着自己的灵魂住在那里。他和他的灵魂之间永远隔着一段路，隔着一扇翅膀。

这些翅膀在白天，在晴天，是一动不动的。路的心肠很硬。硬成了路骨。路忙了一夜，很劳累，睡觉去了。路搭了一副空架子放在那里，供人们来往参与，体验生存。那些劳作着进入中年的人们，已经学会了缓缓前行，他们日渐瘦薄的身子骨经受不住这些砍斫。他们已经过了做梦的年龄，也没有慢慢走欣赏坎坷的心情。没有人想走着走着就不由自主地飞起来。他们在不断叮嘱着从身边经过的孩子们也走得慢一些。孩子们基本是跑的，他们有的是时间可以挥霍，他们中有的还骑着庞大的加重自行车，他们的脚得等上半天才能接续上踏板再狠劲地蹬上一圈，但是他们依然骑得飞快，上下飞翔，轻松自如。他们知道路该怎么走。是路在脚把脚地教会他们飞翔。路复制出一些自己的翅膀，悄悄寄存在他们身上，悄悄帮他们打开飞翔的密码，无论他们能飞多远，是飞到更远的村庄，还是飞了几步就落到村外的大旷野上刨食吃，路都在鼓励他们飞翔，哪怕这翅膀是泥做的，哪怕这翅膀上还沾着泥水，但只要一起飞，这个村子就会有希望。除过这些，路还把自己的一部分精力投放到那些进出村子的架子车和牛马车上，这些车子的状态是颠三倒四的，驭手的生活也永远不是四平八稳的，但是路的翅膀尽量地在庇护着他，不至于一头栽倒爬不起来，再怎么艰难，他或她也总会把一车粪送到地里，把一车苞谷送到锅里。而对于从城市里下来的任何车辆，路的翅膀都始终无法说服自己投入过多的感情。那些从城里来的汽车，根本受不了这种露骨的抚摸，他们针锋相对，两败俱伤。巨大的尘土包裹着坐在车里的人们，人们的心思在逼近消亡。那些壁垒比最高的山还要高，而那凹陷则比最深的低谷还要低，窝藏在那里的一滴水，都会让你裹足不前，你不知道自己怎样才能超越它，你常常为此都要花费好多的时辰。有时候，单单翅膀上甩溅下来的一蛋子泥巴就足以让你陷入两难的境地。每一条路都是一扇翅膀，他只对他感兴趣的人事开放，即便他平日敛翅，你不能否认他们的存在。敛翅也是有翅膀的，他令人敬畏，令人服帖。

可警惕的还在后头。这些翅膀只在下雨天复活，下雨天他们扇动，他们呼吸。雨下一点儿没有什么作用，那顶多是给他们洗了把脸。他们身上是有油的，这雨水自然就会被滑掉。它只能闪现一下，哧溜一下消失。他唤不醒翅膀的记忆。雨下得稍微大一点儿，地就忙不迭地要穷于应付，地出汗了，一些湿润处逐渐显露。翅膀就从那里复活出来。真正的翅膀必须在大风雨天展开。土地松动了。板结消解了。一个人骑着自行车出去办事，自行车的前挡板里很快就都淤塞的是泥草了，必须要停下来，在那里掏上半天，才能继续走。这极像一只鸟叉开翅膀在用长嘴往里挠。而在他的身前身后，泥鞋出来，牛蹄子出来，狗腿子出来，在野地和村庄之间流动。水土也开始流动。出来的一切都在共同托举着这场飞翔。水与土在这里如胶似漆。水与土在这里互相服气。飞得稀里哗啦，飞得铮铮作响，飞得才华横溢，飞得火花四溅。大作的风雨会让一切飞翔起来，村庄的飞翔引发出了整个大地的飞翔。没有谁能从这种风雨飘摇式的生活中逃脱出来。

而这样的飞翔只能由乡路展开，与城市和公路无关。城市由夜翔的村庄所抛弃的一块地皮上长出，一直在埋怨乡村没有留住自己，使他日夜均无法休息，公路已经担当不起作为他翅膀的重任，公路不仅提不起来城市，更是连自身都已无法提起。虚汗已经把公路出得虚脱了，公路的翅膀干瘪干枯地摆在那里。繁复的巨大的迎来送往已经把公路忙死了。公路上死人的现象总是要比乡路上多。公路早已没了念想。公路那样喧嚷，怀抱着无数的东来西攘，但公路却是长不出翅膀的。它的翅膀不是被撵得粉碎，就是被磨得扁平。它可以被抛上去，也可以被丢在坑里，它任由摆布，它甚至还会被撂在那里。所以它越是热闹，越是死寂。水在它那里待不住。水滴惊恐，惊恐以水花的形式绽放。水滴迅速逃离，滚落一边。水滴在公路上是无聊的，没有人来欣赏她的舞姿，没有人来关心她的心事，没有人来评价她的作用。她多余了。公路早已不做飞翔之梦了，因此也就不再考虑飞翔还有什么意义。它在实用中亢奋，在梦境中作废。包括水花在内的一切灵动也就只能远远避开。

在乡路连通村子的中端一处，有一片洼地，泥水漫过去了，留下一团水。天晴了，天连日晴好。一团水剩下一滴水。最后一滴水，也接到了阳光的召唤，扶摇直上，顺着一缕太阳的纤绳往上去。他顾不得再看一眼自己曾经的温床。这个温床孤独地敞开在街道和大地上。我坐在那里。突然被一阵声响惊扰。一个泥片呼啦伸开了翅膀，接着另一个泥片也呼啦伸开了翅膀。就在那个中午，那片空地上，长满了翅膀，拥挤之景像前一阵子雨天围在这里抖动的鹅群和往翅膀里用嘴沾水的燕雀。她们要飞了。我看着她们腾空而起，翅翼一瞬间就张满了我的天空。她们渐渐聚拢在一起，成为一只巨大的翅膀。当我小的时候，这扇泥路的翅翼是朝上扇的，翅翼的末梢直接扇到了天上，而当我长大，这一扇翅翼又朝下扇动，扇进大地的深处，我就仅仅看着她这样一次上下的扇动，于我已经荒废了大半光阴。等我再转过来注视另一扇翅翼扇动的风景时，我的一生也就只剩下翅翼上甩溅开的几片泥巴。

我们在大地上只过一生

我从地里借来一些土，捏出窝棚，许多人照猫画虎，围成的一个个房子结为村子。村子是地身上的疙瘩，人是疙瘩上的垢，垢一片一片落在村庄两边的田地上。一大片田地收拾平整后注定有几块是划归我家的。我给地起了名字：大口井、渠北、二畛地、旧堡捡。我家人少，地一般长长窄窄的，像二畛地里只能种两行玉米。村子里有人要跟我倒地，说倒在一块儿地就大了，省得到处跑，我没同意。我喜欢天然而散的东西，易于掌握。我很快就为自己这个决定暗自激动，地是分散的就好锄，很快就撂倒一片，再接手另一片，单怕全家所有的地集中在一块儿，从开锄到最后，其中的漫长会让人丧失信心。看呐，那些倒了地的人成天在地里忙活也没有什么成绩，而我在锄头的每一次起落之间，都能闻到土地的体香味。渠北那块地稍大，我喜欢先锄上半截，再隔段锄半截，或者锄上个S形再折回接上，这样一来地畦似乎短了，锄速也快了。锄头是如意挠挠，锄地纯粹是给土地搔痒呢，有时候我都停下歇了，前后左右一大片新翻起的土还依然哗哗哗地笑个不停。

一天的好些时辰，吃完地里打回的粮食，我就扛起锄头跟着爷爷和父亲下地，我只是想着把地给我的力气，更多地撒在地里。地不说话，但地不闲着。地长庄稼和野草这些副产品是为了诱人的，地真正的产品是人。地让人在流水线上摸爬滚打争吵谩骂钩心斗角泄欲苟合，人疯够了以为经历完世事了，但等人睡在地的怀中时，人却发现自己还没有逃脱地的手心，再牛的人也是会死的。地甚至连人渣也很珍惜地收留了。由于地的吸引，村里每年都会招进一些人腾空一些人。人平日里都在干着腾空自己的事儿，白天利用下顿饭腾空上顿饭，夜晚，男人在女人身上腾空锄地时没用完的精力，到季节了女人们再把因男人腾东西时一不小心带出的累赘腾空在大地上。而另一些人好笑地看着这一切，他们正排队进入地的生活，轮到了，不知谁喊一声，依次就进去了。也有青壮年急急忙忙地插队进来，这加大的工作量忙得大地无法消停。地只好腾出一块空处来收留一些人，又在另一处铺垫一些柴草收留另一些人。地用自己的皮肤把这两种人隔开，使他们分离后就永不相见，使他们懂得相见不如怀念。

很多年前爷爷丢手就走了，跟着小叔叔也走了，接下来是婆婆和姑姑。在地里他们还是一家人。婆婆还会像往日扫院子一样扫墓，爷爷还会闷声不响地抽烟，烟火一闪一闪在坟头上。我锄一会儿地就直起腰，朝坟头那边望望，心里掐算着，下一个会是谁呢？坟头上有洞眼，那多半是兔子、黄鼠狼之类挖的，它们想知道人钻进土里去干什么，但它们挖不了多深就泄气了，就自己给自己说，算了。它们和人待得太久，也学会了人的一些坏毛病，这里瞅瞅，那里瞧瞧，把一生就耗完了。每年浇地时，坟地里都会进水，水唯恐先人们口渴，自己跑过去让他们喝喝。这时候我会看见兔子及鼠辈们淋得精湿跑出来，我想抓住它们问问地下究竟发生了什么事，可是没用的，那些走远的人它们再也没见过。每年只有到了清明时节，爷爷婆婆才会领着姑姑叔叔从黄泉路上还乡来领些纸钱，后来有些纸钱是从城里捎回的。城里不允许，我和父亲偷着烧，先人们穷命一辈子，几张废纸够他们一年用得了。

我已记不清是哪一年的秋天，我突然对脚下的大地恐惧至极，就给窝棚挂上一把锁，径直朝远处走去了。我走得很着急，只带了玉米、小麦、一双孩子。这一走就是好多日子。我把孩子架在耳朵里，他们趴在耳郭往外看，东问一句西问一句，我一句一句地答着。我把他们逗笑了，他们亲我一口，我惹他们生气了，他们干脆倒头睡去，我会为他们关闭这个嘈杂世界的所有喧嚣。不知什么时候他们醒了，睁着眼睛问：“我们这是到哪里去呀？”我笑着回答：“到我们该到的地方去！”有时候走乏了，我会放他们出来透透气，看着他们快活的样子，我很高兴。我知道他们总有一天会走远的，走得让眼花的我看不见，再也看不见。那时候我老了，我会离开他们，像一只实在跑不动也不想跑的兔子，慢慢踱回我最初的地里，使劲捅开窝棚锈蚀的锁，在角落里安静地躺下来，把这辈子走过的路再走一遍，等遍地儿女们有朝一日想起了我，我呀，已经长成窝棚边的那蓬草了。

汽车呼啸而来

阳光灿烂至极的正午，村庄清寂。一个孩子敞胸叉腿坐在椿荫下的地上吃饭。他大口吃着大碗里的饭，他的吸溜声传出去很远，绕一大圈后再荡回来时，这声音里有了汽车行驶的轰响。是的，有一辆汽车正朝村子冲来。孩子停下筷子，循声去看汽车，村外的路在正午的空气里杳杳和呼呼上升，汽车如从天路上坠落、天河上冲撞下来一样，惊起一轮一轮人间的尘土。尘土飞扬，光芒万丈，弱小的孩子被逼迫得再也无法静坐。他赶快爬起，端着碗朝后退缩了几步，立脚未稳时，汽车就已呼啸着开了过去。孩子努力地想看清楚车里坐的是谁，但终于没有看见，就像没有看见他碗里刚刚飞落下的那一层灰，他重新开吃时嘴巴声咂得更加响亮。

村庄的一扇扇门在这时悄悄打开，有人站在门里朝外瞄，东瞧瞧，西看看。有人出来手里拿着笤帚和簸箕，用笤帚把敲击着簸箕的后背，始终没倒下个什么垃圾，眼睛却是不停地搜寻着。有人径直走到村道上来，袖手张望着汽车的动向。汽车在一家门前停了下来，车上下来的人，衣着光鲜。屋子里许多人迎了出来，说笑声乍起，愈显出周围的静默来。很快，一群人拥挤着就进屋里去了。最后那个村里人进屋时，还特意回头满面笑容地看了一眼车子，又朝四下里扫视了一遍，然后他转身背手，突然长高了一截似的，缩缩头进去了。车子熄了火，黑牛、黄牛或者白马一样很刺眼地卧在乡村的大道上，刺激着周围人的眼。

孩子也快速进屋了，他放下碗，旋即就跑了出来，他那么着急地跑，都顾不上擦嘴了。他看上去的确是刚吃饱了饭，奔跑时还大喊着："驾！驾！"仿佛自己真就是一匹奔驰的骏马。他是要去看车呀，满是熟人和熟悉场景的村子里，突然来了生面孔，这是多么令人兴奋的事情呀！他围绕着车子转，和他一起围绕着车子转的还有好些孩子。他们争相闻车子散发出的气味，在车玻璃上看着自己和别人的傻样儿傻笑不止。他们还在蒙尘的车身上用指肚儿随意划拉着，可能想写下几个字，比如名字什么的，到底还是没有写出来。这时不知怎的，车子突然怪叫了起来，孩子、鸡、猪等都被惊了一大跳，气氛顿时慌乱。屋里很快就小跑着出来一个人，他平时蔫不拉唧的，这时却神采飞扬，他挥着手，嘴里发出去声，像赶鸡一样驱赶着车周围的孩子们。他像突然不认识他们了，他好像一会儿就会坐上这车走了。一辆突如其来的汽车使一些人在瞬间变得莫名其妙起来。人的异常也使村庄像手里扎了个刺儿似的不那么自在。

孩子们顿时觉得无趣了，有些不情愿地撤离车子，甚至有人还反身撇着嘴往这车扔小土蛋儿。最后也懒得扔了，坐在树荫下看。就看屋里人陆续出来了，这个年轻人和他的随从在寒暄声中上了车。车掉转头来，玻璃被摇下半截，手和手之间快速说着再见的话。车子呼啸而去。只剩下汽油味儿和尘土味儿搅和在一起，在村庄四处忽忽悠悠着，要好半天才能落下来。这家的几个人也是，开始在村子里乱转，见着谁了就说刚才谁谁回来了，谁谁又带谁来了，并且递上刚带回的烟去，那接过烟的人随声附和着，很带劲地吸着，趁机说看谁谁能不能给咱把谁谁的事办了，等独自走开时又很带劲地把烟屁股啐在大地上，再踏上一脚很带劲地踩烂。汽车突兀地驶进村庄成了这一天相对重要的事件。人们还会想起那个年轻人小时候的样子，但人们实在想不起来他在遥远的县城里到底混成了个什么样子。那辆车再也没有出现过。尽管之后，偶或还会有汽车——诸如上级来检查工作的车，逢年过节访贫问苦的车，耀武扬威的警车，收蔬菜或者果子的大卡车——驶进村庄，那个慢慢变化的年轻人偶或还会回来，但是那辆在特定时间出现的车，孩子再也没见过。那么，它的车轮把村子里的尘土粘在了通往外界的哪条路上，它的车镜把村子的美丽容颜映照传输给了谁的梦境，它的深不可测的腹部把村庄的孩子裹挟到了什么诡异的场所，它捎带着把村庄的淳朴故事整个抛弃在了什么地方？

坐在椿荫下吃饭的孩子永远也想不明白，那辆汽车从何而来，最终又向何处去了？汽车的那一趟进出以及被他第一眼看见究竟有什么寓意？后来当孩子听说那个年轻人从“乾县”回来时，他在很长时间里不知缘由地总误认为那就是“前线”，他只去过附近的几个村子，他从来没有想过这片大地的边缘之外是个什么所在，但是不管怎样，汽车所带来和留下的气息还是让孩子闻到了某种不同寻常的味道。在之后的几天时间甚或一生里，他都会不断看到那辆汽车穿过正午的阳光明晃晃驶进村子里来。他被惊吓得接连躲避，魂梦从此不得安稳。

雨一直在下

雨来时，我正趴在窗沿上写作业，我的作业老是写不完，就像雨一下起来就没完没了一样。屋里的光色黯淡，母亲坐在炕沿边做自己的活儿，半天不说一句话。她的活儿也是做不完。大门是虚掩着的，一会儿，有几个人来串门，母亲招呼着她们坐过来，和她们说着话，话像雨一样，一时半会儿也停不了。

我背对着她们的说笑，面对着雨在窗子上的滴答和冲刷，眼前的算术题半天也找不到答案。我使劲地咬着铅笔带橡皮的那头，直到将那里咬得再也擦不去一个错误。我耐不了这份烦，说自己憋得慌，就从婶婶姐姐的腿里爬出来，跑到了院子里。风裹着一股清凉兜头而来，我被涮了个畅快。我把一长串尿畅快地混杂到了雨里。我走到了雨中，抬起头来，恰好看见一滴极大的雨滴朝我飞扬跋扈地扑下来，我想我们之间并没有多少过节儿的，那么，它是没有料到我会出来么，而且还仰起脸来看它，它们正在兴高采烈地比赛玩蹦极，一个不提防，想来个急刹车，却还是刹不住了。它重重地击中了我，它们接二连三地击中了我。这享受着无限自由的无忧无虑的雨！它把它的快乐竟然全部都建立在了我的痛苦上。 我的脸上顿时火辣辣地生疼起来，我想如果那时我就戴上了眼镜的话，眼镜片肯定就会被砸得粉碎了。 我立即就捂着满脸的疙瘩往房檐下跑。 那些云集在脚边的水珠形如大地的肿泡。

从房檐底下看去，雨在这里被人截然分成了两个部分，它再也不能像在院子里野地里那样恣肆洒脱地或飘散或砸落了。 雨被拉入了规范之中，它顺着体系机械地下滑。 开始是急促的又极粗的一条条水柱，连接起来，就成了水幕，那外面的一切就被搁在了朦胧之中，这是给我一人上演的水幕电影，我在门墩上跷着二郎腿，在雨给我搭建的水帘洞里坐享其成。 水势的时大时小全部昭然若揭在树叶的声响中。 逐渐地这水幕就稀薄了，雨一滴滴地往下掉，有一句没一句地发着牢骚。 我侧耳细听，原来它在嘟囔着任性地落在空间和被约束着落在房屋上的感觉大不一样呢。 那么我想，雨落在乡野和落在城市里的感觉就更是不一样了。 不仅水泥地上的硬邦邦远比不上乡野的无边温柔，而且还会被含混进更大的恶臭与泡沫中去。 哎呀呀，雨索性不去想了，该怎样就怎样吧！ 换个话题吧，一串雨对另一串雨絮叨着：有一次它们下落时碰上了一辆疾驶的汽车，等到好不容易抓住了车玻璃，却像被吱啦烘烤的肉皮一样，烫出一道道的虚线，东一下，西一下，开始很不规则，慢慢的却极标准。 汽车越开越快，后面的雨也越来越多，虚线再也刻画不成了，它们就顶着一头的水珠一送一送朝后滚动，那模样儿像极了蝌蚪，匆匆忙忙地游动，总也游不动。 雨作的这个比喻让我想起在水库边，常能看见黑压压的蝌蚪军团，几天后变成小小的青蛙，爬上岸来，弥漫到路上，一个个也是急匆匆地奔向野地。 可是其中一些，却永远都不会到达野地，人的双脚、车的轮子会在瞬间把它们踩得嘎嘣脆响。这时我听见另一串雨在很有同感地表态之后，又说起了一起亲眼所见的车祸：一只麻雀正在路边信步，慌乱间车来，许是少见反应迟缓，许是雨中风向突变，它突然间就被车子撞飞了，继而滚落沟渠中，无声无息。那一刻大雨落田间，村庄里没有一个人在现场。车子也不停，快速驶离，噙着麻雀的一撮羽毛没入了城市。

那撮羽毛，是乡野捎给城市的一个符咒么？一时气氛愕然，雨们惊悚至极加速落下，目击者将再也找不见。也是，这些不可抗的事件和雨又有什么关系呢，雨下来时，根本不知道自己要去什么地方，遇到什么情况。像我一样，下雨天里不知道自己能去什么地方，不知道在遥远的也下着雨的地方会有什么事情发生。我只能看着雨，坐在窗边或者门墩上看雨。看雨看我。雨看着我，雨知道自己不管怎么下，终究还是会回去的，而我们这些人呢，一旦自己决定了要去什么地方，或者也有可能是被提溜着去了什么地方，即便不会有蝌蚪和麻雀的遭遇，也将永远无法在下一次大雨来临前，赶回来。

不论雨到大地上来了多少，最后都会被原样收回。那个清点数目的家伙，我一直没有见过，我多么希望我也能在受到污染时被收回呀。那一场场看似陌生的雨，其实都是熟人，只不过长得有些太像了，我们一时半会儿也分辨不出来，我们能嗅到的只是它们不断变化着的脾气。脾气凝结成的水柱、水链或者水花，都操纵在谁的手里。谁要攫走它们。那些从上方泻下的看不见的力量，总是想着要攫走大地上的一些什么东西。什么东西。而我也是被强行攫走的那一个。我逐渐枯燥和乏味起来。

最终，雨的脾气变得再坏，也坏不过我。

而那些日子的雨，一直都在下，下满了我的眼眶。 我看见母亲在炕头忙活着，几个婶婶和姐姐来串门，我在费劲地做着算术题。 雨突然间下大了，水从大门的门槛底部涌到家里来，母亲招呼着我们铲土扎起一个圆坝，然后往外舀水，忙不迭地倒在院子里的雨中去。 到最后水没了。 说话声也没了。 屋里屋外的人们，都不见了。

春天黄昏的自行车

是春天下午的晚些时分，在家休病假的我从地里散心回来，看见家门前停着一辆自行车。是住得最远的一个老亲戚来了。他正和父母坐在屋里说话。我进去打过招呼，就不知道该做什么了。于是出来，给自己下了一道看管自行车的任务。这是一辆加重车，被两只架子笨笨地撑着，却也稳当。我摸摸它粗粗的大梁，厚厚的后座架，没了前挡泥板的大轮子，充满木气的脚蹬板，还有铃铛，已经很圆滑了，像谁发亮的脑门，要使劲拧，才能嘶哑地出两声。最后是闸，我把自行车的后轮转起来，再使劲捏闸，捏了半天，车轮才缓缓停下。

这样一捣鼓，我浑身出了汗。坐在门墩上，歇。不过，我和这辆自行车也就如此混熟了。自行车看着我，目不转睛地看着我，眼神里充满了诱惑，我分明听见一个声音在喊我：来呀，骑我！我真是受不了这种挑逗。刚学会骑车却没有车子可骑的我心动了。我手痒脚痒，想去过把瘾。这时我想起班里有个很特别的女同学，好像就住在亲戚所在的远村里。她皮肤白皙，脸形清秀，学习那么好，却总不怎么说话。已经有阵子没见了，我准备偷偷去看看她。

确定目标后，我悄悄起身，朝屋里瞅瞅，他们正说得起劲呢，看来亲戚一时半会儿还走不了。那么我快去快回，应该能赶得上。下定决心，我浑身的热血一下子冲到了头顶。我慢慢启动自行车，争取不弄出些许响动。可自行车却要故意捣乱似的，突然“咯吱”叫了一声，像是后轮子和挡板摩擦了一下。吓得我赶紧站住，发现没有动静时，才再次发动。这次我一手扶住车头，一手提起车后座，蹑手蹑脚缓缓前行。我像是一个手段并不高明的偷车贼。幸好村道里人并不多，不然我鬼鬼祟祟的样子肯定会被怀疑。

我终于把车搬出了村子，站在村外通往亲戚家的路上，定好方向和姿势。我长出了一口气，又给自己鼓足了气。我虽说学会了骑车，可技术并不是非常熟练。况且我是用小型车学的，对付这样的大家伙还是第一次。不过我的情绪很饱满，状态整个被紧张和莫名的兴奋烘托得极好。不管其他了。我双手紧紧握住车把，左脚踏在踏板上，右脚猛地蹬地，车开始朝前滑了，有几次都拐到一边去了。几次下来，我受够了趔趄，可是一想着快要见到那女同学了，就打消了退缩的念头。重新站好，重新启动，等车轮转得正欢时，我一骗后腿，可能是腿短车大，抡得不够高，脚踝稍微磕碰了一下车座，麻酥酥的激流顿时传遍了全身，但也只是一会儿，巨大的喜悦之流就淹没了它。右脚成功地硬着陆在踏板上。我骑在了自行车身上，地面霍的一下离我远去。可是接下来的情况比预想的要糟。我狠劲地踏踏板时，踏板却只在原地打转转，踏得越快，转得越快，像是车子在幸灾乐祸地“叭叭”鼓掌。原来它在这儿等着我呢，它终于让我上当了，我被晃荡得不轻。小小的单薄的我被凌空架在车上，如果不赶紧挂住挡，摔下来的后果大地心里最清楚。大地在替我干着急。它附耳倾听着有没有人声传过来，可是奇怪得很，我每次需要人帮忙时，总是看不见一个人影。大地替我揩去不断渗出的豆大的汗珠。眼看着车子的惯性就要用到尽头了，若再不转上我就会被毫不留情地投进大地的怀抱了。我不想就这么轻易地放弃，最后一次鼓足了劲。我后来上班时，长时间使用一台旧式的电脑，网速贼慢，每次启动要进入网站时，一点是黑屏，再点还是黑屏，如此反复十多次，才能进入。我就想到了骑车的经历。还有我在等公交车时，等了半天都不来，别人说走吧，我说再稍等一会儿，果不其然，车来了。事情往往就在最后的一坚持中峰回路转。不用说，那次我最后还是找着了感觉，挡挂上了，轮子正常转动了，我出发了，晚风吹来，浑身清爽。

可我不能分心去看两边的景色，专心致志地骑车，我得说，驾驭这样笨重的家伙，自己的确一点儿都不敢马虎。一个一个的村子甩过。火热的激情在心胸澎湃。我顺利抵达了那个远村。村子里很是寂静。不知道那个女孩家住在哪里，我就骑车在几个巷道乱转了一通，朝每个黑黑的门洞里匆促地张望了一下。我不能去亲戚家所在的那个巷道，被家里人发现可就坏事了。我最终只能无功而返。回来的路上，暮色四起，在我的心里化成一阵阵忧郁。这时另一股势力趁机迅速抢占了上风：你快别去想她了，你得赶紧回去，等到亲戚回家前把车子复归原位。我骑得飞快，汗干了一层又出一层。

等到一头扎进村子，我老远就看见父母和老亲戚站在门口。

他们看见我出现，焦急地呼叫着跑过来。我几乎是从车上飞落了下来，连人带车摔倒，车重重地压在了我的身上。亲戚忙扶起轮子还转得正欢的车子，父母一边扶我，一边让他赶紧趁天还没有黑实回去，他看我没多大事儿，掉转车头，好像一点儿都不敢再耽误，骑上去，脚踩着踏板空转了几圈，朝后挥挥右手，就走了。我看着他，哈哈笑起来。父母斥责我差点误了大事，还好意思笑。我就抿住了嘴，这时感觉浑身像散了架的自行车，到处都响亮地疼痛，回到家中，一头栽倒，连睡了几天。

我一直没有告诉父母我骑车去了何处。

这是上世纪九十年代初的事情。我和那个女孩做了一年的同学，一句话都没有说，甚至一个照面都没有打。之后我转到城市上学，骑自行车回过几次老家，有一天到老亲戚家玩时，发现她家和亲戚家就住在一条巷道里，距离也不是很远。我斗胆以同学的身份去探望了一下，和她的母亲、哥哥聊了半天。她碰巧不在。她多亏不在。她只是我在那个春天里假想出来的目的地。陌生的她，陌生的自行车，陌生的自行其是的我。一切都稀奇古怪。

不知道那辆加重自行车后来的命运如何，那辆飞鸽牌或者是永久牌的自行车，它在我的印象中是一只永久的飞鸽。当我在城市里的自行车被一偷再偷，最后索性再也不骑时，我常常就会想起它，它和我较劲的春天的黄昏。想着去给它上上油，紧紧辐条，擦擦灰尘。如果它还在。

可是它肯定不在了，像老亲戚一样不在人世。像那个春天的黄昏，一个少年骑着自行车的疯跑、狂奔，被他无限浪掷和强力透支的病体和稚情一样，不再。

父亲撵我

我慢慢低下头来，越来越低，离我的脚越来越近，但我不知道自己做错了什么，不想也不肯承认自己的不对，我似乎在一直口齿不清含混迷糊地回应着父亲，可我的嘴却像骨头一样硬。父亲在不断数落和斥责我，我实在不明白他因何那样激动，他在我当面的怒吼声如霹雳炸响，可是声音越来越大时，我反而听不见了，只感觉自己被父亲的气势笼罩和覆盖得快没有了。我当时唯一清晰的念头就是赶紧离开，事实上我一直都在琢磨着如何逃走，终于，终于让我逮住了机会，我飞快地扭身蹿了。父亲明显被我的这个举动气急，他不能容忍自己的说教毫无用处，立即拔腿撵我。

我在乡场上兜着圈子，别人看见的我的脸，肯定飞扬着畅然的诡笑，我坚信在这块乐土，父亲根本不会撵上我。他当然也是这块土地的儿子，可是他很早就出去读书了，读完书当了城里人，去坐办公室了，他留下母亲、我还有我的妹妹，帮他守着几片贫瘠之土。那时候我一周只能见他一次，他在周末回来，而我像躲陌生人一样远远回避。我在村人面前一直以有这样一个在外干事的父亲为优越，但是当他要来真正管束我，我却不乐意了，我必须在村人面前展示出我的倔强个性来。在他那样劈头盖脸毫不留情教训我时，我甚至还一度怀疑，他是否，真的，是我的父亲。

而那一刻，父亲在身后穷追不舍，我故意朝着有利于我的地形跑去，还不停地拐着弯儿，力图甩开他，我不能停下来，不能栽到他的手上。我加快了速度，跑得快要飞了起来，耳边能听到呼呼的风声，汗水哗哗下来，几次都要“淹死”我的双眼了，我屡屡胡乱地捋甩过去，然后赶快用余光偷瞄一下父亲。我看见气急败坏的他，已经脱下了一只鞋，他边跑边朝着我的方向扔过来。我赶紧缩头斜肩改变方向，鞋从我身边飞过。或许父亲并不想真的打着我，只是借此警示我停下来，可是我仍然疯跑，使他更为恼怒了，开始在背后骂我。有几个小脚阿婆在旁边，明显看不下去了，她们苦口婆心地劝着父亲，让他不要撵了，再别这样吓娃打娃了，可是父亲听不进去，他嘴里骂着什么，我也听不进去，或许当时听得很清楚，后来忘得一干二净了？

我有些害怕了，也许，我还是跑不动了。最终，我被父亲逮住了，我被他倒悬着拎了回去，我胡乱地踢腾着，喊叫着，但是不能甩脱。父亲不管不顾沿路人的劝说甚至指责，他像个将军一样，带着缴获的战利品回到中军大帐。家里大房的门开了，我被父亲扔到了炕上，烦透了的父亲再也懒得看我，他顺手带上门，出去了。如果我那时有一包炸药，我肯定会把周围一切都夷为平地的。我横趴在炕上唉声叹气，咯吱吱地磨着牙，制造出许多大响动，想引起外间的人们注意，但是直到我累得昏昏睡去，也没有看到门被打开。

这一幕乡场上的激烈追逐以我的被俘而结束。我已想不起它发生在我几岁之时，但场景却会终生铭记。从此后我和父亲的关系就一直处于僵持状态，我们之间进行着无言的对抗，甚至形成那种时空阵线绵长的拉锯战和持久战，每隔一段日子就会爆发和反复。开始毋庸置疑是父亲占上风，比如某个暑假的某一天，一个亲戚来家里，要抽看我的暑假作业，可是翻开数学本子，我却一个都没有做，被驳了面子的父亲次日起就每天早晨坐在院里树下监督我做作业，那些古怪的数学题似乎总是和我作对，我稍一迟钝，父亲直接就会把书本砸到我的头上，我的脑袋于是更加懵懂……这些细枝末节加深了我对父亲的憎恨，许多年不能消除，我和他在一起时，偶有不愉快，我就会燃起火星咆哮不止。刚搬到城里时，老家一个和我要好的孩子来耍，不知为什么，他很快就负气嚷着要回去了，我开始无缘由地迁怒于父亲，把他买回的满袋红橘摔了一地，甚至摔碎了他的烟灰缸。父亲站在那里，只是默然地看着我的寻衅滋事。

直到有一件事情发生。

某年春节的晚上，父亲带我去城市另一头的伯父家做客，伯父家的热气腾腾给我双眼蒙上了一层雾霭。父亲话很少，却是一根接一根地抽烟。晚归时，父亲默默推着加重自行车，瘦弱的我跟在他后面，怯怯地看着红灯之后那些朝我张牙舞爪的影影绰绰。突然，父亲回头叫我上去帮他推着车子，我上去把住和我身体极不相称的车体，接下来，我听见父亲让我骑上车子带他回去。我开始还以为自己听错了，因为之前他总是不让我多干活的，况且我也从来没有骑过这种大车，但是我的犟劲又上来了，我毅然使足了劲，朝前滑行。谢天谢地，我身轻如燕一次就跨上去了，父亲在后面抓住车架，可正在他抬屁股准备坐上来时，车子瞬间失去平衡，我把不住车头，它一下就朝外侧斜去了，我“哎哎哎”地喊着，和车子一起摔倒在路边的绿化带里。被趔趄闪了一下的父亲，不看我也不扶我，他扶起车子，骑上就走了。父亲的无视彻底击碎了我的狂傲，我感觉自己十分的没用，收回苦笑爬起来，让街灯将我无助的影子拉得长长。

我没有撵父亲，一个人慢慢朝租住的家里走去。我突然间不再强烈地怨恨他。事到如今那个夜晚的一幕对我的震撼依然余波未平。不管怎样，是父亲把我带到了这个人世，把我带离了乡村走进了城市，后来又是父亲送我到省城上了大学并且定居于此。有时候闲下来，父亲会说起来其实他在 1987 年就已经办好了“农转非”户口，可是迟至五年后我们才彻底离开了土地。那时我正要迎接高考，环境的变化还是多多少少影响了我的性格塑造、生活态度和价值取向。父亲说之所以延误，大概因他那时每月才四五十元，怎么养活？那时他和我妈的目标就是“这一辈子，一定要挣到一万元”！我有时思忖，如果父亲不拖那五年，如今的我会是什么样子？又该在哪里从事着怎样的工作？会不会有更大的成就？我知道不能这样简单地去假设。当我在乡间率性成长时，我根本不知道父亲在城市里是如何独自生活的，他的秉性肯定会让他遇到很多我无法想象的煎熬。当他把我们带进城市，他一个衙门里的小职员独撑一家四口吃穿住行的危局又是如何的艰辛？他在数落我斥责我追逐我以至无视我的那些时刻，是不是从另外的角度用另一种语言向我暗示述说着他的遭际，可惜那时我对父亲的感觉既陌生又漠然，我一味地和他较着劲打着别扭，疏忽过去了许多东西。父亲并不是精于世故投机取巧之人，明明知道受人盘剥他也硬是忍着，实在无法苟同时就走开。他咬着牙兢兢业业地把日子往前扛着。短暂地歇息时，父亲独自坐在那里抽烟，没有谁知道他在想什么，他看着儿子迷茫地转来转去，肯定会一眼洞悉我单薄的一切，而我却要花费很多年月，才能尝试着稍稍理解他的苦涩。多年后当我在医院陪父亲时，骨瘦如柴的他说起这些来语气淡然，他还忆起有次他带我去医院打吊针，中途他出去和人家交涉，回来时看我睡着，液体早已打完，臂上鲜红的血液都被回抽到管子里，很是吃了一惊！“你说，那次万一出事咋得了呀！”父亲！

我不知道是谁在暗中指使，让我和父亲双方的对抗力量慢慢发生了变化，父亲逐渐不再说教我了。当年我一直想摆脱挣开他的势力范围，想获得真正的大自由，想酣畅淋漓地过我自己做主的生活。其实到最后，我发现我不可避免地遭遇了和他同样的问题，或许时机与空间都会有所变化，但是问题亘古存在。我慢慢会不会成长为另一个他？其实成为他继承他，我并未觉得有何不好。不过让我心忧的是，我可能还达不到父亲所达到的高度，我处理许多问题的能力和智慧甚至远不及他，我有时跟着社会日新月异的发展而随波逐流，一点儿都不觉得“一代更比一代强”。我必须得承认，我一直是父母听话的孩子，被他们训练得严谨、认真、勤奋，继承着他们从上一辈那里沿袭来的所有传统美德，可是社会却总是要来颠覆这些东西，将它们崩塌为一地碎片，常常因扎手而无法收拾。我曾经无限的迷茫，不过最终依然坚定地认为父母是对的，我一直都在努力地想做成他们心目中的我自己。

但在这个过程中，许多东西静悄悄地从我身上自行剥离了，它们不忍看着来自周围的焦虑对我的压抑太重，抑或它们渐渐对我的不作为失望，从而不再指望。比如我的生活能力、工作和学习上的意愿都在下降，我因为目标感不强而对人生的热情在消退，我不想过多地担当责任，等等。单单我的勤奋，就永远比不上我的父母亲，他们手里眼里都是活计，无时无刻不在忙碌，而我则懒散得会活活把那些堆积如山的活计气死。我并不是贪图安逸，可是我内心的自逼机制远远逊色于他们，我想说，即便日后我能侥幸取得一丁点儿成绩，那都是父母亲在后面撵出来的。他们所做的事情哪怕天天都在重复，可是他们能坚持下来。我曾试图打破他们的这种重复和坚持，但我劝阻甚至强行改变他们生活方式的行动逐渐变得无济于事。比如我让他们多吃一些好的，可是他们说他们习惯了吃的东西就是好的，而且百吃不厌，当我在外面吃酒席时，就会想着我父母若在那里该有多好！我小时候，常会看见父亲包回来一些东西给我解馋，直到今天，父亲偶有饭局，也必定是会带些东西给我们，并坚持让我母亲尝尝。琐碎的重复和恒长的持续让他们有难同当有福同享！

人心都是朝下长的，我不得不说，我和父亲的精神还未亲近，却必须远离。在我还远未懂得怎样理解他时，我就必须担负起和他同样的重任了。我的精力显得那样不够用。我们在现实里愈是加倍的隔膜，在回忆里却更显得温情脉脉。我会不会最终也要将这一切托付给回忆呢？我并不想那样过，却又无可奈何。所有的人都逃脱不了定则，在群体里灰头土脸，不懈奔波。那么这一辈子能做的，似乎只有在静夜里不断叩问苍天：神啊，请明喻我，究竟该怎样做？我们活得越来越脆弱，活得越来越不可捉摸。

我不知道这天下做儿女的是不是都生就一副贱皮囊，起码我是，当父亲不再或者无力说我时，年龄慢慢大了的我反而对自己放心不下了，常常很不自信地渴望着父亲能敲打敲打我。并且常常还会在沉沉夜里，梦见父亲在后面撵我，我跑着跑着就会醒来，为自己的荒疏愧赧不已。天亮后我给父亲打个电话，父亲依然没有多少话，但是听到他的声音后，我却在陡然间感觉有一股生力被注入我身，促使我信心百倍地低下头来，俯身老老实实做我早就该做的一些事情。

靠墙行走

我在院中，或者村道里，走着走着就会停下来，不敢朝前走了，就像我要说话前突然紧张一样，我必须立定，赶紧找一堵墙，让自己靠住，把自己隐藏起来，然后或缓慢或匆急地回望一阵。我总是感觉身后有人，这些“人”在拽我的衣袖，或者绊我的脚后跟。我知道他们都跟我相熟，要么是谁家夸过我的老人，要么是谁家和我蹦过弹球的小玩伴，在他们远离村庄之后，顺路回来，和我打个招呼。我那时候连人话都说得不是很利索，更不懂他物之语了，所以我无法告诉他们朝前的生活究竟发生了什么，我就只能静静站上一会儿，让他们看看。然后放心离开。

在白天我就会有的这种感觉，在夜晚会来得更为强烈。漆黑的看不见对面来人的夜里，我几乎不能挪动自己。我把自己寄存在黑夜里，等候着稍有的一丝光亮照射出来，再把自己发送出去。有时候等得久了，看着光阴慢慢流逝，而无丝毫收获，我未免会有些着急，索性鼓足勇气去寻觅光亮。而实在没有光亮又不能误了事情之时，我只能在黑夜里踽踽行进。那么我唯一的办法就是顺着墙根行走。我必须和一个东西互为标榜，这样我才能衡量自己的才华，以便确定适合自己的路向。

我顺着土墙往前慢慢移动，动作笨拙，神情慌张，短短一条路也要走好长时间。我的这一切滑稽的举动，被母亲隔窗看在眼里，她一直都在那里站着，她爱怜地看着自己的儿子，觉得这小子肯定是哪里出了问题。她已经习惯于在最黑的夜里看到最白的光，在狗狂叫的夜里听出夜静。她曾想出来帮儿子一把，不过她很快改变了主意，她要让他自己走到他要去的地方，这个地方在彼时可能异乎寻常地容易到达，但在此刻它变得出乎意料的艰难。她坚信自己的儿子能够自己到达。她于心不忍地看着儿子慢慢摸索。

在小小的年纪，我小小的个子和眼睛没有看见母亲。我犹疑了很长时间，我迈动一步总是显得那样费劲。但是谢天谢地，还有这样一堵墙可以安妥我。我抓住土墙后心里立马踏实。我能感觉到墙上伸出的无数双手，在手与手的接力中，我最终被安全传送到目的地。

在墙的搀扶下，我一点一点朝前长大。一点一点地脱离墙体，我开始朝外渗透和扩张，我很快发现，离开墙的护佑，我的速度变得越来越快，呼吸变得越来越急促。我的恐惧不是缩小而是随之放大了。在月白之夜，我下晚自习后要独自穿越玉米地，青绿的玉米此刻一片煞白，风吹动温柔的枝叶，沙沙一如杀杀，无限的惶恐朝我杀将而来，哇呀呀我必须拔腿就跑，恨不得将自己提飞起来。当然一切都会过去的，我很快就会逃离那片玉米地，不过如果有一堵墙能陪我跑岂不是更好？在一个夏午，我跟着一帮人去水库游泳，水里未知的什么东西在使劲地拉着我下沉，我使劲地朝上挣脱，在冲出水面的某个刹那，我的号叫惊天地泣鬼神。我被救了上来。靠着一堵老破墙墙根的温热，我被闻讯惊慌赶来的母亲重新引回到这个人世。

墙总是在阻止和消弭着我对这个世界的无限惊惧。我对墙表现出友好和亲近。我因此从来不会从墙上抠一个土块下来，也不会像百米冲刺似的连滚带爬扑上墙头，然后假模假样地骑行。当村里许多孩子在墙上耀武扬威时，我并无丝毫羡慕之情。我一直在为他们捏一把汗，怕他们摔下来。他们这样的折腾动不了墙的几根汗毛。墙始终稳稳地站在那里。它像祖父一样将所有孩子架在自己的肩头。当多年之后，我看着自己的儿子慢慢顺墙溜步时，当我把儿子架在肩头，感觉我们父子俩像是一株向日葵时，我就会想到那些老墙之于我的爱护。村里一茬茬的小孩子、小草和小鸟儿都是开在老墙头顶的一束束花朵。

但是我想知道墙外世界的念头不可遏制。在它越聚越多时，我终于远离了墙体。我被村庄发射出去好远。之后我开始了寻找一堵又一堵墙的历程，然后又将其轻易抛弃。我和它们之间始终没有建立起良好的情谊。又是多年之后，当我回来，老墙一堵堵正在坍塌。我仅仅见到的其中几面也已不复有当年的巍峨。墙衣衫单薄，墙脸上布满老年斑。墙似乎还在瑟瑟发抖。我的个头比墙还要高。墙再也无法庇护我了。我情不自禁地抱住墙，亲吻着墙的额头。墙勉强地朝我笑了笑。它告诉我谁谁长大了夜里被人从墙头追撵了过去，谁谁将更老的一辈人送到墙头上。这许多老掉牙的故事依然在村庄里被赋予着新意，我细细倾听，间或插上几句话，心领神会。在夕阳的余晖下，我们祖孙俩，相坐着直到天黑。直到无语，依然会思想起许多人事。

我在等待着过去的一切都回来。我的年轻美丽的母亲，正站在窗后，看着小小的我硬邦邦地贴着墙根走过来。

我曾追逐过一束光亮

没有多大动静，没有小声呼唤，总之跟谁都没有关系，我一下子就从睡梦中醒了过来，翻身坐在炕上，我只是痴呆地看着，一切熟悉得都让我认不得了。我几乎是寸步难行，必须等到一袋烟工夫之后，我才能清楚我是处身在自己的家里。一线明亮蒙蔽在窗户纸上，午后的明亮，混浊的明亮。明亮把时间断然剖割成两大部分，向上的轻浮而慢慢远离，我伸出手去狠狠地抓了一把，但只抓到了虚无。向下的一部分则无限沉重，我的脚伸到其中，陡然就变成了铁腿子，谁的铁腿子？谁又能有权利和资格让谁做铁腿子？谁又能拥有真正的铁腿子？起码在我此刻就做不到，我的双腿虽然一点儿也迈不开，而要抽回，似乎也不那么轻而易举。

我就在炕上坐着。透过窗户纸上的一丝白隙，我能感觉到有人在那里抡着大扫帚扫地。是母亲吗？她总是那么忙碌，她把地扫得那么净白，我不知道总这样干活有多少意义。她扫掉的只是土，土下面依然是土，却让她扫了一遍又一遍。我不能给她说出我发现的这个秘密，我有时倔强得都不听她的话，我说的话连被这个世界当成耳旁风的条件都不够。

我在能够清晰地看见自己的瞬间跳下地，慢慢走出上屋，被饿得咕咕叫的肚子引进了厨房。锅灶呀、笊篱呀什么的，都是一副刚睡醒的样子，失魂落魄而又满眼警惕地看着我。还不到吃饭时间，其实它们想让我动我都不会触碰一下的。我从笼子里迅速拿起一个黑馒头。而当我转身过来时，一个奇异的状况出现了：一束光线正在那当儿从屋顶一泻而下，“吧唧”摔到地上，像黑油锅里贴了个白饼子，粘在了那里。屋顶上似乎还有许多光线想下来，它们在那里唧喳逡巡了一会儿，终于没有逮着机会，丧气地离开了。只有这一束光线的“阳谋”得逞，我和它纯属不期而遇。我发现它并没有从烟囱里下来。锅灶是墙的胃，烟囱是墙的肠道。那些日子，连我都吃不饱，墙的肠胃就更不好，老在房顶上或者墙背面没人处咳嗽。烟囱是黑暗的，柴草和人生的全部气息，最终都会从它那里冒出去。它里面如果伸出一只小手来，那简直就是把人往黑道上引啊。所幸它自己生活得都够呛，平生除过被雷击到一次可以算作最宏伟的事件之外，平日里连蛇都懒得往里钻。整个厨房延续了烟囱的风格，被熏燎得低暗着，有时候乌烟瘴气会包围住它。不要小瞧这些烟雾弹的力量，它们不断会跟更上层的过客们殷勤地打招呼，终于，是风把一页瓦的心思吹活泛了，还是一只鸟把椽头的视野开阔了，一溜烟竟然和一片落叶一滴雨珠之类的联手，让屋顶在一个早晨慢慢睁开了无数的小眼睛，从此整天相互私语。而一束光线也就在那一刻迫不及待地窜进了厨房。它从来没有进到这个家里人端碗出入其中的黑房子里，它看到了其他同道看不见的景致，它看见了在黑房子里乱翻腾的我。它是为了让母亲借个光以避免做饭时切着手指吗？ 它是照耀着我能更好地扒拉柴草拉扯风箱吗？ 难道，它进来也是为了找东西吃？ 哈哈，伙计你晚来了一步，最后一个黑馍让我偷吃啦！

我和这束光线玩了好几分钟。 它的到来一下子把沉闷冷静的空气搅热了。 我伸出手掌去，唰唰把它劈开了几段，它很快又合好如初。 我摊平手掌想让它蜷缩在我的手心里歇一会儿，结果我的手掌却被它耀得细薄透亮，几千年来的流血与厮杀就在上面展开，吓得我赶紧攥起拳头抽回。 这时候我看见黑暗中有许多东西都摩拳擦掌活动起来了，它们嚷嚷着都要走到阳光中去，被打破的光线里有许多东西在上浮、下沉和舞动。 它们终于让我明白了什么是“沉渣泛起”和“群魔乱舞”。 我忽然觉得，我们之所以不断地活着，持续地耳闻目睹，其实就是为了验证一些词语的注解。 而且根本轮不上我们去亲自作注，即便一不小心花花肠子会被一束光亮照顾到，在虚空里抖着掺和半天，之后也只会被消解。

事情往往会突然发生巨变。 毫无征兆，比如这束光线，就在瞬间，说不见就不见了。 它不知道被谁戛然带走，屋子里的一切都猝不及防。 那些虚妄顿时化为一片呻吟叫唤。 我不能吱声，无法表态，只得悄悄离开。 从来都没有什么会逼迫或要求我离开，从来都不是搅局者的我，亲手把自己放逐。

那个后晌，我把自己亲手放逐到野地里去。 我一手拿着半拉馒头，一只胳膊挎着镰刀和草笼。 我要去地里割青呀。 已经荒睡了那么长时间，已经偷吃了不多的粮食，总不能啥事不干吧，我好歹还有勤快人的基因，不能在村子里落下个坏名声。

但是出村不远，还没等割满一篮子草时，猛一抬头，我就又被一束巨大的光柱惊怔得心不安了。 天气本身并不是太晴的，那束光柱就在我视野的正前方，直接或倾斜地投打在大地上。是从家里撤出去的那一束吗，还是它的嫡系故旧？ 一切都无所谓了。 那里似乎刚刚下过雨吧，又似乎永是一层乌黑的天空，像是被谁猛地掰扯掉一大块，或者被天狗之类的嘎嘣咬碎了一大口，一下子就不浑全了。 光线正从那里猛射下来。 而且这个豁口、牙痕之类的漏洞是向着外面开放的，从我的视线看过去，那面天空仍然是完整的，这就更加深了光柱的神秘效果。 它像极了我晚上跑到邻村看人家放电影时，突然从放映机里喷射出来，打到屏幕上、屋面上以及夜空里的那束光亮，或者是电影里敌人巡逻车夜行时乱扫的灯光柱，我们就在光线下面埋伏着，结果一点儿都没被察觉和发现。 人间草木芸芸众生艰辛苟活的故事，难道也是被老天当作一场电影来放着消遣的吗？ 它更贴切的则像二柱家的手电筒，那管全村唯一的手电筒，我们晚上去下地偷水浇地时，常常就是倚借着它的光亮指引，才不至于翻到水渠里。 那么是天上也有小家伙溜下来玩吗？ 那束光是从一处射下的，不知是谁在云里忙活，把分散的影晕盘成一个模糊的支架圈，在云欲破未破处隐隐闪现。 一会儿，这束光柱又在半空似乎被云朵阻隔成几股枝叉来，而到近地面时则又整合在一起。那么又是谁顺着那些点线面攀爬上去了？ 光柱的色彩整个是淡亮的，气格是湿润的。 在掷于地面上的那个点里，有没有罩住一个正在受苦事不遂心的孩子，为他祈福消灾和免难？ 有没有一个违反规则的公主，被下放到我的荒野？ 鬼知道这些虚头巴脑是怎样鼓胀了我的热情，我要跑到那束光线里去，兴许经它一照，我手中还剩下的一块黑馍就会变成一碗红烧肉，我就能混上一身好行头，把我能看见屁股的破衣烂衫褪去。兴许那个公主女神谁谁的，还能对我抛个媚眼，严重了还能整个一见钟情什么的；再兴许它还能把我割下的草变成金子，到时候我被美女挎着提一篮子黄金回去，瞧瞧那是个什么派头！

我几乎是倾尽全力在朝着光柱飞奔。周围的一切都万分惊愕，因为我从来都没有在它们面前跑得那样匆遽。我的生活节奏突然提速了。无论大道还是小路上的土都起身为我的壮举鼓掌了，哗哗哗又云山雾罩地飞扬起一片喝彩与喝倒彩声。草呀，花呀，蛐蛐呀，黄鼠狼呀，什么都难以挡住我。胳膊上蹭点皮有什么了不起，腿脚上流点血有什么了不起，鞋跟与鞋掉了有什么了不起，我跑得不是我了是一团光影有什么了不起，这些都不算什么，只要我跑到那束光柱里面，所有我身边的人与事都会变得比今天更为美好，我母亲会永远身体康健，我父亲永不会有讨生计的烦恼，我家永远窗明几净，屋面上升起明艳的炊烟，我永远年轻漂亮的媳妇笑着蹲在门口逗惹着我们聪敏机灵的儿子，我的一切的一切。

但是狗蛋猫蛋的，我小小的狂热却被不知是一团牛粪还是一片西瓜皮什么的，绊倒了。我在一跃而起飞落的刹那，看见那束光柱，微笑着迅即缩回了。我不知道谁最后被青睐了。世间天大的好事从来不会降临在我的头上。

天黑了。

我醒了。

我醒来时又躺在炕上，母亲坐在炕头纳着鞋底，煤油灯昏黄的光线盈满斗室。那时候父亲在城里工作，没到周六，他还没有回来。那时候我的媳妇和孩子还远远没有来到我身边。那时候尘世所有的喜怒哀乐似乎和我还没有亲密的关系。

母亲摸了摸我的头，手心手掌反复了几次，说：睡吧！

我说：妈，后晌我看见了一束光亮，在家里，也在地里。

母亲有些答非所问地说：好好睡吧！ 睡一觉，都会好起来的！ 然后吹灭了灯。

巨大的黑暗顷刻间消隐了我。 我大睁双眼，跟没有睁一样。 而那一个光盘，不知从何处来又向何处去的光盘，这时候慢慢升起，到我的正上方停住，将那一束我熟稔的光柱温暖柔和地投映在我的脸上，顺着我的眼皮，照耀到我的心坎。 照耀到许多年的，我的生活里。 许多年来，我们时而恍恍时而明快的生活啊！

瞧瞧那一池痴水

是源于外力驱动，还是缘于内心悸动，一滴水，紧跟着池里另一滴水，排队热身，在紧张、兴奋、惶恐里不安不已。她们消沉太久了，终于有了这次机会，被召唤着要飞起来了，那一坨太阳照耀的无限向上的未知领域对她们产生着强大的诱惑，她们艳羡着憧憬着那里，在前面池水蹿起的瞬间，爆裂开优美水花的瞬间，她们的眼睛一次次被点亮，时不时叫着好，或者三三两两谈笑几声，脸上放射着光芒，或者朝水池外路过的我瞄几眼，眼神灼热。她们希望得到我的关注，关注才能产生价值啊，我顺乎她们的心愿，索性就停住了奔忙的脚步，驻足静赏这一场盛大演出，记录可能改变她们命运的这次历史性的沸腾和飞腾。

可是我看到了什么呢？那大部分的水好不容易起来后，一个怒放的转身，重又重重摔回了原地；而就中另一些水刚刚飞起，似乎还没来得及睁眼看看这个无数次向往的美好的发展空间，随即便被强烈的阳光无情地一把攫去，倏忽化为虚无；还有一些水刚刚凌空，便淋了风。怎么忽然就在那个当儿，刮起了那么大的风呢，风是猴子派来搞笑凑热闹的吗？那阵仗绝对不能叫作闲庭信步的临风，绝对不是，事情远没有想象的那么浪漫，风势甫起就很大，且全部是朝一边刮，刮得迫不及待，刮得野蛮任性。水的初衷明明是要往高处去的，却被风拦腰横插了一杠子，一下子就偏离了方向，朝着从来没有想过的另一处漂泊去了。她不情愿，可是没有办法，她身不由己。她是想着好风凭借力送我上青云的，可是不正经的风怎么会顺从她的意思？到头来，这些水大多都是吧唧吧唧被狠狠弃置在池外一边的地上，一滴滴叠加在一起，惨痛得无法收拾。不要以为她们就是最可怜的，那不一定。还有的水洒到了花草上；还有的被展翅而过的鸟雀截留；还有的被一两个熊孩子接住润了发湿了衣；还有一些，竟然被几辆特意开过的汽车载走，好像要被带动着去见更加精彩的世面，却又迅疾被雨刷刷下，其速度之快让她们一时懵懂无措，莫可名状。

而那些失落在一边水泥地上的水，逐渐漫成了一个大群体呢，她们似乎在倾诉、在号哭，心思还没有彻底澌灭，但是再也没谁有闲工夫去关注。她们试着突围，想找到一条新路，一些就顺着水头流到水池这边来，涌动得很是着急。她们原以为一定会回流到水池里，再来一次凤凰涅槃梅开二度，可是当她们赶过来左瞧瞧右望望，哪有什么路？于是悲伤的气氛渐次弥漫开来，希望很快成了绝望。终于，她们成了一滴眼泪，任由一个美女拿着手机蹲在身旁，从她们的泪花里拍完夕阳日益沉沦所释放出的最后一抹美好之后，无奈合上双眼，转而让自己的夙愿随着灵魂开始飞升。她们想告诉池里还在争先恐后准备升起的水一些什么，却张不开口。就像我这个旁观者，早已看穿了整个过程和结局，却也没法告诉谁，也不见得有谁当真仔细去倾听。

我只能先一任她们瞎折腾，漠然看着一大片水被唤起后又被浪费在其他地方，又看着另一大片水要给自己有个交代似的奋力向着高处攀升。

又怎能轻易判出对错呢？ 起码起码，总还有这么一次展示机会吧。 离开了水池保护，去选择宁鸣而死不默而生，谁也不能预料会遭遇什么风险。 但是一直安稳待在池中，守着一潭死寂过完一生，让风在脸上吹起道道皱纹，从最开始就能清晰看到最终了，又有什么意思？ 其实于我，其中的是耶非耶波波折折压根儿也没能在水水浆浆里掰扯平啊。 我不知该支持她们还是泼上一盆冷水。

我想还是先看看再说吧，等到她们都基本被轮训一遍时，那个掌握她们命运的贵人就会适时出现，那个操纵这场戏的导演就会掐点叫停。 到那时，池里会重又恢复平静，像什么都没发生，而那些在这次行动中走失的死水都会泛起微澜，那些或享片刻荣光或叹潦倒涂地的水，也都会从各条路上通过各种方式回来，她们会开交流会总结会之类，在头脑风暴思想碰撞慎独悟道之后慢慢明白某些事理，慢慢打消心中源源的念头，在自己飞不动时，看着下一波蠢蠢欲动，等待时机上场，再一次沉浮不止。

而那些小小锦鲤，在刚刚水波大兴之时，全部躲在池角，随波涌动，不明就里。 但当经过了这场轰轰烈烈的事件冲刷洗礼之后，顿感速成，被充分鼓噪起来，撒欢儿游动着。 这个水池在它们远大视野里一下子显小了。 有那么几只，我看架势，好像已经倍觉自己终非池中物了，得了天地灵机似的，说时迟那时快地马上就要一跃而过龙门了呀。

我在千年庭院中的深深孤独

我是在这里住着吗？ 是书香世家，是三朝元老，是富商巨贾？ 我都不记得了啊！ 我的父亲在京城做官，还是四海为商？我是读礼仪诗书，圣贤子弟，还是玩世不恭，吃喝玩乐？ 我是穿长袍马褂，满街遛鸟，还是一本正经，非礼勿听？ 我喜欢的小姐，总是足不出户，我能否爬上高高的看墙，迎接她的一眸秋波？ 我们什么时候能够完婚？ 我又会不会遇上另一段姻缘？我苦读着诗书，不知何时能上长安，不知何时能有差人敲锣送来喜报。 我想去四海闯荡，又不知道关山万里，路在何方。 我不知道有没有永远。 我看见了风，看见了神，看见了气，我看见那么多人的影像恍惚，可是我行尽园中，未与君遇。 我不知道你们都去了哪里。 我只是出去浪荡了一圈，可是我回来，世上已经换了另一拨人。 我也跟着他们，可是我心里很是难过。 我的父辈，我的女人，我的亲朋，我的人生，都去了哪里？ 我想留住你们，可是无能为力。 我在熟悉的场景中流连，这里的一切，还都和原来的一样，看着我点头，问候我回来。 那些拴马桩，那一匹匹的马啊；那些上马石，那一个个的差人啊；那些砖雕，那一个个的工匠啊；那些书画，那一个个的才子啊；那些练功房，那一个个的武士啊；那些马车小轿，那一个个的车夫啊；那些闺阁，那一个个的绣娘啊！我和谁当年在树下一起发呆，谁给我一方丝帕说要永结同心千年啊？ 我回来了，我说不了原来的话了，你们也说不了原来的话了，我早已稍逊才华，消减气势。 可是我们之间，隐隐相连。 我知道你是能看见我的。 我们的每一个轻轻触碰，款款凝视，我们的每一个心中怦然，热血激流，都有着感应。 是我啊，是我呀，确实是我呀，你不认识我了吗？ 可是啊，又不是我，又不是我，不过，是你吗，是你吗，也不是你。 我们之间隔着八百里江山，三千年故国。 这些物品上都还存留着你们的体温，可是你们都去了哪里？ 你们名动四海了吗，你们声贯五洲了吗，你们权势煊赫了吗，你们勋炳金符了吗，你们功标铁券了吗？ 可是，可是，几个轮回后我被转回来，我并没有见到你们啊。 我在这一拨一拨的人中寻找，那些和我没有丝毫呼应的人啊，我们真是错过了，我们同时出现在这个世代，可是我们没有一点儿缘法，那些偶尔和我说上一句话的人，我前生得见，那些和我有一丝眼神碰撞的女子啊，我们前生相逢，可是也仅限于此，我们几分钟后就各奔西东，我们此刻相逢也只有短短时分，因此又怎能激活那几百年时光。 之后桥归桥，路归路，我们归我们。 庭院深深，又能深几许，长路漫漫，谁人知多长。 而今的我在这里游玩，我看见了过去的我，我不知道未来的我会是什么样子。

我看着眼前的这些大小苍生，不觉心生一阵阵的怜悯。 我听见一个女人对一个男人说，要读书，要积善，他说，我还想坏一点儿，这女人说，读书人么，再坏能坏到哪儿去？ 他就专门去看鼻烟壶上的春画，别人就说，光盯着看，光盯着看，绕一圈回来还是想看这！他说：那关于人的一切，都要全面了解，才能全面发展么！而那边，一人在讲笑话，他说，蚂蚁和兔子正在聊天，蚂蚁忽然钻进土里，只留嘴巴大张着，在地面上，兔子赶紧问怎么了，蚂蚁嘘了一下说，小声点，我绊倒这狗日的。兔子一看，原来是大象过来了啊！在众人哈哈之时，我没有笑，我不觉得在这样的院子，说这些究竟有多么好笑？就像我不知这个院子，当年谁人所造，造屋时又做何春秋大梦，而最终却如此沦落，仅仅能留下这一个院落已经很不容易了，我心里明白，还有那么多的院子已经不复存在，但是我不明白啊，那么坚固殷实的人家怎么就抵不住一阵风？更有那么多飞黄腾达为何最终都会无奈地灰飞烟灭？我在这里看见了祖先的优雅和讲究——那些窗棂，那些门楣，那些圆雕，那些线刻。我总是落在队伍后面，我总是不知所措。尤其看见字画，看见对联，我的心就一直在颤抖：自古墨客多少梦，岁月蹉跎不尽同，我今览胜遍华夏，原来奇绝在纸中。就觉得好字被古人写完，好话被古人写尽，好日月被古人颂尽，好树被古人栽尽。我看见了皂角，我过去只是知道用它可以涤衣，但没有见过它的角，此刻它就一串一串在树枝顶上挂着。还有一种树，花是红褐色，树叶是绿色，在一树上同时并存着，却始终不知道名字，问别人也问不出，那么它是最普通的树吧，或许，名字都不值得写，但是它确实好看啊，就像某年某月府里的某个丫鬟那么好看。我看见了柿子，满树叶子掉光，全部通红如挂红灯，将一院深宅照亮，就像那年我娶媳妇时满院高挂的大红灯笼。我看见的这些树啊，它们的生长，和多年前生长的样子没有多少区别。当年有姑娘送我一枚木瓜的树木还在。我看见了木瓜，在绿树上吊垂着，黄艳如同大香水梨，确实也常被误作酥梨，但是它确实是木瓜，前几日刚好有一女熟人送我一枚，我放车上，心情愉悦，一闻到就想起“投我以木瓜，报之以琼琚。匪报也，永以为好也”。那过去的未来的她都是谁啊，而此刻她轻轻地对我说这是木瓜海棠，这里原来是木瓜园，过去人家，摘下就放八仙桌，来客闻香微醉，它是一种药用木瓜，和食用的并不一样，它的香气可以顺气，吃起来是酸的，闻起来却有淡淡药香，叶子椭圆，花色粉红，果子深黄，具光泽，实为佳木，你要把它清供起来，开始绿中泛黄，颜色逐渐暗黄，香气亦由氤氲转淡。说完之后，她也变淡了，消散了。这时我看见一只鸟，穿堂而出，飞向长空，它飞跃的姿势，还和我多年前看过的一样美，翅翼划过檐角，而后折返，送我一个回眸后不见。

我再也找不见我的红袖。我孤独地走着看着。看见风车是用来分离麦糠麦粒的，看见扬谷风车，看见翻斗水车，看见麦秸叉车，看见铁锅，太平缸，我用手机拍，用手机记。我看见了他们和她们，我再也不能回去一睹容颜，亲聆教诲，添香夜读，我只能在这里感受和回望。我看见连升三级，看见天聋地哑，我看见寒山拾得，看见开元通宝，看见马上封侯，我看见那个可以换来三亩良田的桩子还在那里竖着彰显着门第。我看见画像石，我看见烟房，看见戥子，看见升子，看见钟，看见秤，看见护院的冷兵器，看见扮屋的木版画，我什么都想看见，不放过蛛丝马迹。这个下午，我就在这里，这是我的家啊，我的饮马槽，我的马头墙，我的风水楼，我的照壁，我的钱庄，高门大户，我记得上面还卧着一只喜鹊。我的文房四宝。这个食盒我用过么，这个鱼枷，怎么脖颈那么小，那个我爱过的丫鬟啊，当年怎样哭哭啼啼被枷走？ 她的梨花带雨脸，她的杨柳小蛮腰，她的三寸金莲红酥手，一直在我眼前恍惚，我算不算半斤八两，我真的能够做到门当户对么？

咿呀呀，走吧，我看见枥下长风德奉堂里的恭俭慈惠；看见欲高门第须为善，要好儿孙在读书；看见平民生，平民活，不讲美，不讲阔。 我想起那些年月啊，凉云满地竹笼烟里，我要去独领风骚，金戈铁马名满九州，虎踞龙盘气吞万里。 还是朝坐落花间，夕来秋兴满，于朝元山房，看二仪拱华，朗月清风，有竹有菊，上善若水。 我要养成数竿新生竹直似儿孙，咬定几句有用书可忘饮食么，我要爱竹总如教子弟，数番剪削又扶持么，可是我还是想上华岳峰尖见秋隼，岳阳楼上对君山啊。 我能不能提着一个“润”斗，仗义疏财，和义轻财？ 我念着几百年人家无非积善，第一等事业还是读书，能不能做到书采石善象绘云台呢？ 我看见一家屋院的设置是步步高，这是由低带高，带出英豪，我知道历史要讲出来才有意思。 可是我能否达到福履光裕，地通乾元呢？

我在院子里一遍遍走着，反复走着，来回走着，我贪婪地看着那些通景，方框，元宝，垂花，挂落，斗拱。 那些杂宝，夔龙，瑞兽，博古，圭台。 那些官帽盒，铁盆，象牙鼻烟盒，烟具，茶壶，水囊，钟，保温壶，马灯，铜灯，火锅，冰箱。 那些台案，台面，板腿，石鼓，门墩。 那些四扇格门，窗棂，雕梁，画柱。 那些家具，牌匾，方寸，以及檐廊，闲庭，曲径。一次次回想着当初是谁在条案上楷书“忠至义尽”，“一生流至性，千古振纲常”。 是谁在粗石上雕刻“辟邪镇鬼石敢当，块块青石压祸殃，少问不详何处去，且留富贵入厅堂”。是谁在砖上雕缀“福禄寿喜寄憧憬，鸳鸯荷花显深情，岁寒三友随处在，花草鸟兽砖上行”。是谁在一扇扇石门两边雕注家训“父慈子孝满户无非安乐事，兄友弟恭一门全是和睦风”，“国史流芳赐酒之恩荣如昨，家风继美联珠之作述依然”，“存心动心莫欺心，知事忍事勿多事”，“良田有种图堪味，书德是福心无尘”——我看见那些寻常系马桩，巧匠作文章，风格难辨唐或汉，面貌却兼胡与羌，镌刻近粗犷，神采倍轩昂，人兽相依富情致，凿迹刀痕尽敛藏。我看见那些坐下桌椅躺下床，抬眼又见门和窗，虽是块块玲珑木，精工雕刻显辉煌。我一遍遍地想念，我明明记得他一直在那里埋头镌刻，见我过来，垂首站立一旁。是谁啊，究竟是谁在构思着刀法寓意呢？你抬起头让我看看你的脸啊。亲爱的能不能告诉我你当时在想什么呢？是拥书富贵么，是富贵人家如意多么？还是德在民间，德寿双高，德音雅量，德量渊涵，德厚流光？抑或是梁孟遗风，余韵悠然，淑范永重，笃实光辉啊！我现在看着这一切的一切，只剩下不尽的咏叹哪，那四梁八柱贯古今，大气磅礴不染尘，那家曾住将相房，何处容得帝王孙，无人存落悲凉意，有心为留厝乾坤。我终于想不起来了，我的时代过去了，可是我看着它们，是无比的亲切，而我还能不能回到它们中间去呢？我真的想再回去一趟啊，它们恩同生我，它们睦娴可风，它们古道犹存。我想在它们中间把我荒诞的一生修正好再过一遍，我想我已经知道了怎样去好好爱它们，就像我要发誓珍惜我在今世的每时每刻一个样啊。可是我还能回得去吗？我还有机会吗？可是我既然回不去，是谁又何苦安排让我走这一遭呢，是谁要让我在这深深庭院中如此沉重和孤独呢？

没有谁能告诉我回答我，戏台前的那副楹联啊，它久久地凝视着我：凡事莫当前看戏不如听戏乐，为人须顾后上台终有下台时。这时哐啷啷狂浪浪一声响，我看见一群人都出来了，他们都是来给我家割麦子的乡亲啊，这一会儿，他们放下大老碗，上台来胡踢乱整地一顿杂耍——

白：伙计们！ 啊！ 都来了！ 啊！ 抄起家伙！

唱：他大舅，他二舅，都是他舅！ 高桌子、低板凳都是木头！ 太阳圆、月亮弯都在天上，男人笑、女人哭都在炕上。

白：男人下了原，女人做了饭！ 男人下了种，女人生了产！

唱：男人下了原，女人做了饭！ 男人下了种，女人生了产！ 娃娃一片片，都在原上转，娃娃一伙伙，围着锅头转！

……

转啊，啊啊，我是那台上演戏的，还是那台下看戏的，我的一堆堆女人一群群娃娃都到哪里去了？ 突然，突然啊，霹雳弦惊，乱弹紧收，大门紧闭，四野无人，只剩下潇潇风雨声。最后我出来，看见终南霞蔚，再次回望，听风里似有谁在吟诵。一句：“但使情亲千里近，须信：无情对面是山河。”一句：“万事从教，浮云来去，枉了冲冠发。故人何在？长庚应伴残月。”——我心里一下释然。我现在是在哪里？ 我在庭院里吗？ 我也不在了庭院中。庭院还在，庭院也不在了天地中。何况是我，何况是庭园，而那些东来紫气，南来爽气，西来霸气，北来王气；那些有衣朴风，有食简风，有居清风，有行雄风……那千年万年，那千秋万代，都还在那里吗？ 那一切的一切啊，我爱过的和爱过我的人啊事啊家园啊梦想啊，终究都会无影又无踪。

有些地方一定会站进你的生命里

当我筹划了很长时间，思谋着要去某一个地方时，却为此往往要承受多次反复，不知道为什么一定会出现那么多令人诧异的状况，百般阻挠，无法如愿。等到我终于排除了万难，心说总算能够专程出发了吧，接下来却还是不断地被沿途这样那样的事情打搅，被这样那样的景色阻隔，而难以顺利安抵目的地。经过这一来二去三番五次的不轻许，我就被折腾明白了，一定是那个地方在隆重地等我，在强烈地呼唤着我，在满心地希望着我，才在不断给我摊下这么多煎熬，给我这么多苦楚，赐予我强大的吸引。她其实早就知道了我的心思，早就看到我了，甚至那满世界去往的人中，她也只是在渴盼着如我的极少数，但是当她真的获悉了我要动身的简讯，却忽然有点像被参破心情的娇羞女子一般，要刻意把自己隐藏起来，她是怕自己没有准备好吗？怎么会？都几千年过去了呀？她是怕自己的那一套老掉了牙似的絮叨让我提不起兴趣？怎么会？我已经经历了这么多所谓的新潮，最后感觉真要解决终极问题时还是那些老底子管用呵。不过此刻，我还是猜不透她全部的心思，她是大美人他是大英雄它是大时代，她的最顶端的深情无人能及、奥秘无人能会，她像在下着一盘很大的棋，又似乎乱舞一通花拳绣腿，故意给我实施着各种障碍，调皮地赐予我各种幻觉，游刃有余地在带给我各种考验。最后，我的胃口被吊足了，我的意念被充满了，我就明白我是被她彻底诱惑了，被她全方位地俘获了。一层层的恶叠加之后，这一系列的欲推还迎反倒激起了我的倔强、我的义无反顾、我的开弓没有回头箭，我一门心思，我加大马力，我猛踩油门，我鼓足干劲，决计是非去不可了，是一定要到达那里才肯罢休了。

这样，当我三更半夜准备行装，天刚麻麻亮便怀着朝圣的心态启程，跋山涉水千辛万苦地抵达目的地时，浑天苍野间已经是薄暮初罩了。而当我们按照某种标示，拐进那个路口时，没有谁不惊呼：啊呀，这一片地域，好像原本我们是来过的呀！是前世的风雨中来过吗？是昨夜的美梦中来过吗？还是刚才只顾着去摘一粒沙果而嬉笑错过时的一瞥？尽管谁也说不清其中的玄乎，可又不得不佩服，眼前的这一切瞧上去却着实都那么眼热啊。看那迎面铺陈的一面长坡，就想象着那古堡定在坡后；进而又浏览到两行子杨树簇拥着一溜儿河水迤逦来去，就猜度那古堡定在河岸。而当我们费力穿过并爬上了这个诱人的阴坡，蹚过了这个阴沉的暗道，我们的面前果就豁然呈现出一片开朗空旷的原野。啊呀，这就是我们日思夜想魂牵梦绕的所在吗？啊呀，那初见的莽荡，真是不枉费我们如此风尘仆仆的一路奔袭之苦啊！可是，可是，我们此行就一定能够到达心目中那样念念不忘的阳地，探寻到孜孜不倦的真谛吗？啊呀，其实说心里话，我并无意去追溯眼目下这整个古堡盘踞流变的历史，我同样没心情去解读其中欲说还休的快意恩仇，我只是想无限讶异地表明，我们筹划追影了那么久远，怎么就恰好等到了黄昏的时间，忽然与它相遇？ 这中间有着什么样的奇诡？ 天机难懂，那么如果真有的话，我真是要惊呼了这样玄妙的安排！ 无论多么漫长的历史，它只给你三十分钟，无论多么的辉煌和传奇，它注定像一切的宿命那般，又再一次地随着天旋地转，即将不可扼逆地沉入晦暗。

是啊，现在看吧，那晦暗，正在解衣畅怀坦荡荡，迎接着游子的归来。 我远望着那轮硕大的红轮一样的夕阳，正呼啸着从大地最远处的那一角西天上徐徐下落，而在我的近视里，人们纷纷抢借着它眷顾在残壁一角的那缕余晖，站立在最佳的地位，以遥不可及的它为背景和底色合影留念。 感觉一时半会儿还轮不上我登场，我就把自己使劲摁下，尽量贴近这几千年的地面，期待着它能告知我一些鲜为人知，可能太嘈杂了，我开启了所有的程序，尚未感触到频率，这时我抬眼看到青天上已经有月亮溢出，透过簌簌飘动的芦苇叶去一望，再一望那天尽头地平线上缓缓沉降的血红，周身阵阵涌起的，更是无限的沧桑和无数的荒凉。 我本来已然在颠簸中有些困顿和劳累，但是这样的一个相见亦无言，这样的一下时时在望中，却使我不由得又像被电击了一般陡然心力大增。 我有些不听指挥地手指前方又背在身后，瞬间想向四面八方大叫几声，又低首徘徊做寂然凝想状，我蹲下来儿女情长地抚摸着这方地土，站起来又英雄剑拔弩张一样，将那抓起的一把老土抛向前方，看它在一缕旧风中飘扬，还没展翅飞翔几下，或许太沉重，亦或许太恋家，又懒洋洋地附着在我的头发上、衣服上和脚面上。 啊呀，这一大片子地呀，当年注定是水草丰茂，要不然那么蓬勃劲爆的一个王朝也不会居庭于此；而如今的她即便不毛，寸草不生，也没有一个人敢判定她的因子不再，她会永恒地就此撂荒。是啊，当年与而今，那匆匆划过时流的老土啊，我们走马观花看到的她，谁能说不是她呈现的表情和假象？我们何曾深入过她有质地的生活里一探究竟？我们和她总是于江湖两两相望又相忘？事实上，当我们真正扑下身子与她用心交流时，我们会惊喜地发现，她一直都未曾停止生息，她从来都不会闲置自己，她自古就没有放弃成长。那么，她一直都在长什么呢？我想，有一种条件了，她就主长皮毛；有另一种条件了，她就主长筋骨；又有一种条件了，她就只长精气神。总之，她是善良的见风使舵，见什么长什么；她是美好的随遇而安，能长什么长什么；她是真诚的顺其自然，长成什么样就是什么样。总之，她一直就在那里，观望着那些乐意观她的人，亲近着那些愿意亲近她的人，她在默默地从中选拔着匹配着比对着暗扣着她心结的人，她要将那么些自己的珍藏快递给他，体悟灌输给他，心得赋予给他，她想让他少走弯路，她想让他弯道超车，她想让他迷途知返，然后轻轻吹上一口气，让他或者她，像蒲公英一样四散扎根，然后轻轻点下一滴水，让他或者她，像莲荷一样和光同尘。

在这一片子土原上下游荡，我就在想，每一块地都不是白来的，都有着它的使命，有些地长庄稼，任凭谁再怎么折腾都会长庄稼，任凭你不播种不施肥不浇水，也一定会长。有些地则是铁了心是要长楼房的，哪怕之前是庄稼，是树木，是杂乱的村舍和乱七八糟的街道，终有一天也会整整齐齐地长出楼房，变为另一番模样。而又有一些地，注定是用来凭吊的，是给那些有缘之人传情达意的，这真是神圣而奇妙。是的，地里什么没有啊，有着花花草草，有着五颜六色，有着七上八下，有着前朝未来。有着资源，有着热情，有着缘分，有着力量。是的，缘分、力量、热情，地缘、地力和地热从来都不是一样的。是的，地球是平的，地却生来都不是平整的。地和地之间的差异极大。有些地脾气暴躁，动不动就震怒。有些地性情平和，让身处其间的人们时时如沐春风。有些地冷酷，有些地活道。我常常就是这样无端地纳闷，是谁让地的分工如此不同？一些地仅仅供人欣赏，一些地人们从来不踏一步，一些地却能时时给予人们能量。那些早早被开发的土地，和人厮混得久了，也就懂得了熟识了人的秉性，他们善于讨人喜欢，擅长表面文章，而那些还没被人们腾出精力经手过的地方，却正好保留着对人们处子般的满心欢喜，他们还有元气，还有真气，还有生气。这些地方，无时无刻不在期待着与之密码匹配的人，召唤着能够与之对话气场相符的人。是的，每一种水土都只能滋养一种人，滋养他所希望出现的那种意中人，它在找寻，它在吸纳，它在怀抱。当有朝一日它终于找到了，它恨不得把自己倾囊相送，连同已经积攒的太多的财富，它想一股脑儿给他，它毫无保留，它漫溢覆盖，不管他短时间内能否吃下、消化和享受，总之，它是一个劲儿地输入、输入。而从这个对方的角度看，不管他是否准备好接受，也不论他能收获多少，但是起码，他已经感知到了，他领略到了，他接应到了。这已经足够了。他是有这样的意识的，虽然不见得明确；他也是有这样的想法的，虽然不见得准确。但是，他毕竟在做了。做了就不一样，他由衷地热爱这块地方，本身就不一样，他愿意跪拜这块地方，本身就不一样，他愿意亲近这块地方，本身也就不一样，这样，当他从那里离开，重新回到人群中，他在人群中的举手投足言行仪表，自然也就和众人不一样，众人或许永远都不明白的事，只有他心里清楚，众人可能终生都说不清楚的疑惑，只有他能迎刃而解。是的，不是其他，正是那一块自然的大地，所赐予他的某一种神奇的力量，让他能裕如笑对一切的喧哗与骚动，苦难与辉煌。没有人会相信这样的解释，因为他们或许也去过那一块地方，却空手而归，没有感到生活发生了什么异样。其实也不需要他们都相信，每个人的时差和状态都不相同，所以被那灵感瞬间秒杀的概率注定不会相仿。就是那一种地动，它有自己的选择，谁能有幸感知到那股力量，谁就会有别于旁人，开始自己特色的成长。

是呀，在这样的成长中，看呐，那有些雨一定会落进你，不偏不倚；有些花一定会开进你，不前不后；有些叶子一定会飘进你，不轻不重；有些阳光一定会照了你，不温不火。而有些地方，一定会站进你，或者，你一定会站在某块地方上，任凭你宦游浪迹，不管你倔强执拗，那地儿一定会找到你，拿下你，不早不晚。那些地比谁都更懂你，别看你平日里张三李四，吆五喝六，私底下，你也只有在那里在那时，才能获得真正的高兴，彻底的活泛，衷心的圆润，尽情的通达。那些地里有灵气，有朝气，有正气，能够让你底气十足地才气横溢。那些地或许荒芜，所聚集的却都是自己的话语。而那很多人都去过的地方，你看着她灵秀，她的灵秀却分散给了很多人，她习惯了受宠，能够到达你这里的余光，剩不下几丝，或者一缕也没。那满眼看着如同宝山美水，却并不属于你，你见到的只是残山剩水，收获的尽是些残羹剩饭，两手空空，不值一提。所以当你去荒原，可能会瞬间迷路，最终却往往都会瞻拜言灵，满血复活，而如果你日日里身处温柔乡，时时都春风得意，却常常就又是沉醉不知了归路，皮囊空瘪，虚弱乏力，走两步喘三口气，最后只得把那视通万里化作了裤裆里的遗尿几滴。

那么现在，就说到这里吧，大风起来了，夜色浓厚了，我不能久待，我必须得走了。我能感受到那些力量，它们在向我靠近，我懊恼着自己的天方地圆小肚鸡肠，吸收的却是这样有限啊。很多年来，常常是这样，我无法大口呼吸，无法把自己敞开，我不能脱胎换骨，我不能全交出去全豁出去。我拿不了那么多啊。我也不需要那么嗔痴啊。我就轻舀一瓢饮，足足可以了。而后一头扎入夜色里，寻路狂奔着抓紧回去。在那虚白的夜光里，我看见早些时候去过的地方，现在已经全部被黑暗吞噬，正在那里皴皴染染地写着证明，述说着我们先前沿途的慢慢走欣赏啊等等举措都是全对的，恰如很多我们当时抱怨的东西，等到回过头看，换一种色调和角度的观察，却又有着她正确的与可取的优点。那么，再细细回想一下，那些地方，原本也都是曾向我们发过信息的，试图与我们发生关联的啊，只是我们那时似乎用力过猛用情太专，全身心地只关注那最重要最向往和最后的那一点，而将她顺手刷屏，顺嘴带过，或者压根儿就未引起十足的注意。但是这样的平顺多么好，他一直在沿途的等待和鼓掌有了呼应，他的坚持终于得到了回报，不管怎样，我们经过了，遇逢了，我们还先行一步到达了这块地盘，而他呢，因为了我们的刹那眷顾，一下子就会延长了幸福，延长了十几年也不一定，一下子就将荣光和效应持续向远方推远，推远为几辈子，也并非没有可能，写进家谱或者口口相传，永恒而无限。而且，在我们离开后，它会不会还有些小窃喜，小炫耀，等待着周围拥来一些小感恩？想想看啊，正是我们在他处的延宕，而削减了最后时光里在那个巨大目标处的流连忘返，激情内耗，从而让时间变为紧凑，收获变为密实，信息变为宏富，精力变为集中，光明变为正大。刚好看到的就是混沌一堆，打包的就是元气一团，收获的就是秘史一册，取回的就是真经一箧。不春不夏不秋不冬，时辰恰恰好，我们都在这里。再换个说法看，我们这样一路走来，也正好是把它串起的。那么，我们是不是那个绳子？而事实上，我们的存在处于其中，慢慢地也都无关紧要了，我们等于被定在了那里，被串在了那里，被刻在了那里，像算盘上的、秤上的、重磅上的那道杆，而那些地方则是珠子，在上面跑来跑去，或者被拨来拨去，他们一定是要站进我们的世界，一定是要穿越和完成自己所背负的使命，一定是要显现出某种神所给予的启示和暗喻，我们，就这样被安排着乖乖地配合完成所有的流程，让一切看上去都天衣无缝，美观大方。

啊呀，就让我们守候和热爱这块站进我们生命的土地吧！在一直的向前延伸中，像他那样，固执着纯直的德行，坚守着方正的法则，顺从着天意的广大吧，就让他的那一份“直、方、大”来护佑着我们“不习无不利”，能够在宽阔的坦途上，走回我们梦想开始的地方，然后待星可披到有朝一日醒来，缓缓立起时，能够看见那霞彩万丈的佛光，正好挂满并映照在我们的身上。

总有一颗柿子要留待以后

我站在山野间，静静地望着那一棵红红火火的柿树；过了几个小时后，我行走在红墙外，忽然看到有一棵柿树从院里笑盈盈探出头来，瞬间就有些愣怔了，思谋着这二者是不是一棵柿树，一切虽然都是默不作声，但我知道他们心里指定都在不停地嘀咕：谁能说得清？ 谁能说得清？ 说不是吧，为什么个头样貌长得那么像，当秋色已深，全体脱尽了木叶，只挂一树如意，赠福给每一个看到他的人；说是，就更是显示出大蹊跷，我之前总是以为我跑得快，当然我肯定不会比一些物事跑得快，但是我一直坚信我比树跑得快的固有想法，现在看来，也需要更新换代了。我以为看到了永恒的静，事实上那不过是他们使出的障眼法，他们一直在动，皇城里的柿树待久了烦闷得慌，也是需要下下乡，接一下地气的，而僻野里的柿树，谁又没几个皇亲国戚呢，或者说，他们祖上本身就是从大院里出来的，亦或者说，他们主动认定或者被动认定的角色在不断跳转腾挪着，更或者说，即便他们的站姿事实上根本没有人看见但他们都会自认为被人看见了。人在很多方面的习性和树是一样的，树人，树人，树在前，人在后，因此树注定还是有很多秘密没有告诉给人的，树总是有所保留。 树随时都在变化着，树随时都在互通着有无，在那无限大的上方里，他们的手一直相牵，从未分开，在那无限深的地下，他们的脚也一直缠绕在一起，而且还走得没有羁绊很是顺心，甚至在那无限宽阔的空间里，他们也一直相依相挨着。 这原本就是他们的世界，这以后也是他们的世界，他们是好客的，他们也是容忍的，他们是在不断让人的，你看似把他们怎么样了，其实刨根到底，你是把自己怎么样了，你根本没有条件和资历和他们势不两立。 每一年每一年，他们都在生长，都在积蓄，都在自力更生，都在更新换代，而你要等到很长时间后，还不一定能回来，如果他们在，你以为重逢了他们而一阵狂喜，其实那不见得就是当初和你执手相看泪眼的那一个，如果他们不在，你悲伤看不到他们了，其实也不见得，度尽劫波兄弟在，他们随时都在，只是，此身虽在堪惊亦无惊，只是，他们总是很沉默，沉得快没有了，他们总是很低调，低得快掉下来了，他们每天都是新的，他们按着自然的号令，当行且行，行到山重水复疑无路，当止且止，知止便不再受辱，而你，却早已慌乱了阵脚，你忙了一整还是无所事事，你每天分身乏术却好像游手好闲，所以，你抬头入世，低眉出尘，你看不看，也早已不在他们的期许和通盘考虑之内。

不过，你的生存，都是他们让出来的，这一点无法更改和变迁。 你不能不信，你的一切言行都源于他们默默的指令，如果抛弃了这些，你还怎么活？ 比如你说，祝福平顺，苹果树早都说了，你重复；你说祝你幸福，杏树早已说了，你重复；你说那么我们离开，梨树又说了，你重复；你说请你留下，石榴也说了，你重复；你说早安，枣树替你说了，你重复；你说早安、午安、晚安，哎呀，桉树又替你早说了——咦呵，你看你总是重复，没有一点儿新意，最后可能连你自己都不好意思了，尽管，树全听见，但树稳稳当当地微笑着，或者抿着嘴一声不吭。你就那么一些能耐，树怕说破了，你脸皮薄得还要怎么继续活。是的，这只是些和我们朝夕相处的树，可是我们朝夕所说所遇的不就是这些话的所指和所致吗？是的，我们还会说到更多的话，在一些必要不必要的场合，在一些可见不可见的人面前，不要紧张，你该怎么说说什么树早已告诉给你了，相应的，那也都是你并不常见的树的语言，你不常见，但却不能否定他们的存在。或许，你终其一生都没有见过，因为他们可能在你来之前就已经离开，就像你有时不得不承认，你还在娘肚子里，你的人生就已经定型或者说得客气点是输定了一样，那也只能无奈地认定是自己的福薄缘浅，但是就像你不能否定你能到这个世上来本身就又是大成功一样，你不能否定树的存在。树立，树立，树一直都在那里立着，亿万斯年，从未消失，而人至多三十而立，也不见得当下就能立起来，人自己不树立，人不被树立，有时候还真是立不起来，更不见得就能立人和达人了。树其实早已说出来或者不说出来地告诉了人们这一切，树就在每个人的里里外外来回穿梭游弋着，那些花花肠子小心思，树什么不知道不一清二楚，可是树睁开眼闭上眼，看一些人一点即开窍，而一些人死也不开窍，还有一些人装作开窍，树真是没一丁点儿办法。树站久了如神树，成桥了度人，树是佛树又不能有分别心，树就去找那些灵性人，树就让另一些人成为木头人，树明白天下唯庸人无咎无誉，树知道灵性人会得到很多的赞扬，就适时地拍拍肩让他们不要得意洋洋，树替那些木头人代言和冠名，树知道即便再刺激他们也是一脸茫然一动不动，树就不再徒劳，就替他们担上赖名誉。可是即便灵性人和木头人，有时意见却也会出奇的一致，搞不大清楚树的良苦用心和昭示，误以为树弄不懂人事，于是就慢待了树的声音，轻侮了树的形象，甚至重责了树的平生，那么这可真是辜负了，真是以德报怨得不可救药了。那些总以为别人不懂的说法，最后都会发现其实是自己真的不懂。那些摇晃了树的人，最后都会被树摇晃得一文不名。

树怎么不懂事？看啊，在我这眼前傲然站立着的不就是柿树吗？这树上红彤彤的不就是冻柿吗，是经过了霜冻的柿子吗？懂事，冻柿，咿呀，怎么过渡得这么顺畅自然，怎么就声律音韵严丝合缝地碰到了一起，怎么就刚好那样的闪闪发光，沧浪作响？不要轻易就判定这只是一个文字的投机取巧，一个谐音的恰切象征，不要哑然失笑不以为然地这样粗略认为，我从来都谨慎小心地看待着这世上所有被安排出场的人和事，一切皆有来历，一切都不会无故平白。就像此刻，小心翼翼的我看见喜鹊在小心翼翼地翻飞跳跃于柿树上，她们在寻找那最可口的柿子，我不知道她们是不是也喜欢拣软柿子捏，我看见她们很快就一下一下地吃上了，她们吃得很是高兴，在吃的间隙里还不忘鸣叫几声，和同伴交流体会，或者当空宣告这种兴奋。我还看见那些枯索索的枝头杈上，一时就分不清哪些是柿子，哪些是喜鹊，柿子成了喜鹊，喜鹊成了柿子，喜鹊和柿子都成了标点符号，一时也就不知道谁在吃谁，谁在写谁，谁在成就谁。忽然有一只柿子起了念头，想和喜鹊玩耍，于是挥挥翅膀飞起来，一下惊着了喜鹊，喜鹊呆在那里，成了一朵柿子，两者的默契没有形成，柿子不小心啪嗒摔到草地上，喜鹊如梦初醒随即飞下，蹲在那里，互相就是一阵拥吻，而且还不避我，而且那喜鹊中途还侧眼偷瞄一下我，坏笑一笑，继续他们的好事情。我看见那皴裂的枝干上，一溜儿小得几乎可以忽略不计的虫儿正努力地往上爬。那递进的前途上满是坎坷、褶皱和丑陋的大骨节，可是他们全然不管不顾，爬得很是费劲和带劲，我听见他们在喊着号子，我看着他们始终保持着队形保持着等距。那细小的缝隙，于他们就是大峡谷，那露水的点滴，于他们就是倾盆暴雨，那最惬意的一丝微风，于他们就是狂飙突至，还有那无限多的天敌，比他们大一头的都已是虎视眈眈，可是他们无所畏惧，只有一意孤行，只有一心一意地向上，向上。感觉那柿树就是最壮阔的史书，就是最瑰丽的诗书，他们一页页地翻过，一行行地阅读，他们把自己也变成了那中间的一字一句一行行。他们的愿景，努力，行为和神态——都可以全部诠释为这一个发音：吃吃，迟迟，痴痴，嗤嗤，哧哧——说实话有时候我真不想看，我知道迎接他们的是什么，有时候我也很想扶持他们一把，又觉得让那么小的他们一下子蹿到高处又有什么意思，他们一辈子可能就是为这一件事而来，那么一下子达到目的索然乏味了让他们之后的日子还怎么过？给他把工作安排好，让她毕业就结婚，让她和他衣来伸手饭来张口要风得风应有尽有，给狗过生日买的巧克力狗还不吃，而一些人终生别说吃了见也见不着，那样子只会万千郁闷百般无聊。他们现在的努力，柿子也看到了，柿子说不急不急，柿子说我在等你，就像葡萄在等着蜗牛，就像大海在等着溪流，或许等你来到我成熟得更好，味道更香甜，或许等你上来我早已海枯石烂，委顿干涸，或许等你上来，我已经实在支撑不住，终于一个心灰意冷，被一阵风干的影子带走，在途中与你相望，而后吧唧一声绚烂在地上，让你的所有辛苦白费，但是，但是，那也不打紧，还有下一个时辰，还有下一次，还有春暖花开，我还会出现在枝头上，第一个等你的到来。我还看见在那最深的夜里，柿子的脸儿冻红，柿子树的灯火通红，天地不夜，给那些不得不在黑暗里求生逐梦的人事指路、照明。这样的时月，天已经很凉了，夜风刮起也已经很冷了，他们的温暖，照在每一个失神迷茫的眼光里，给他们注入奋进的力量，同时也威吓着那些躲在更黑角落里试图调皮捣蛋的可怜虫们，让他们一阵阵地颤抖吧，带给他们巨大的震慑和无尽的恐慌。

是的，为了这一切，树必须有所保留。在最后的时刻，在一切都照顾到明说到暗示到之后，树依然必须有所保留，每一个树都是，留下即便那最后的一颗，也要紧紧地粘在树枝上，死死地粘住。要有所保留，这是树的风习，是树的天职，是树给自己的后路，是树和自己达成的共识。今天的红火不是红火，这一树的红火也不是，不能没有念想，不能把事情做绝，不能一个不剩。不能不留一份子种孙耕，不能不要求自己一代更比一代强，不能不要求自己红火兴旺万年长。那被选中的柿子承担着这样的使命，他们是草蛇灰线，要伏笔千里；他们是面引子，要引蛇出洞；他们是一个节点，要承前启后；他们是一个爆发，要集中所有的优势资源闪耀；他们看似干瘪，却统领着一树的怒放；他们看似寒酸，却身揣着一座宝山的收藏；他们看似沧桑，却笼罩着一刹那的激情；他们看似行将就死奄奄一息，却有着“病树前头万木春”那般起死回生妙手回春的仁心医术；他们看似痴呆木然，却会在一夜之后冰河解冻文武双全重新披挂上阵，登场指挥一幕交响重奏与合唱。不要小瞧那最后一个，它似乎瑟瑟在寒风里，干笑在冷光下，但是只有它，也正是它，怀揣着所有兄弟们的寄望，能穿过最死寂的荒原，能把信送给那远远迎来的第一缕春风，给那所有含苞待放的梦想一点点点染、一点点点燃，而后，一身轻松，诸事吉祥，含笑在已然苏醒的泉眼旁。

是啊，为了那将来的一切，树必须保留住一点儿生生不息的命脉，树知道可以依靠人，但树知道不能全托付人。那今年种树的，明年不一定还种，那今年信誓旦旦说得好好的，明年却不一定能如约而至。树从来不会怪罪人，树知道人的不靠谱和偶有拂意，自有其难唱之曲。树从来都在酝酿自己的奇谋，明白达致丰衣足食就必须要下一盘很大的棋。树自立，树因此自力。树向这一方土地学习，训练并具备自肥的能力；树向那最艰难求生的小虫学习，践行在自费的命途上；树向那些存粮的动物看齐，早早地给自己预留下最完备的存量以求增量。因此树以往前延续好多年、往后绵长好多年的眼光看待着自己今世的这些儿女，树一直在观察，树知道他们每个的时差不一致，每个的能量不一样，每个的使命不相同。树知道而儿女们自己则不见得知道，他们只在成长，在迎风，在沐雨，在晒阳，在迎来送往中嬉戏逗乐，打发光阴。树很快就把他们分成了两拨，依然是不带分别心地分开培养，他们一起出现在今世，但是他们中的一批，是属于前世的，另一批，或者说那最后百里挑一的几个或者独苗，则是属于来世的。那前世厮跟着一块儿来的，早早地就走了，或者还没等花开就走了，或者只在那里停留一会儿，就觉得没意思了，下地远游了，那时我在树下读书，他们从我的书本上经过，有几个还敲一下我的木疙瘩脑壳，而后笑逐，告别，离开。我起初似乎还有些悲伤，弯腰把他们一一捡起，但是他们并没有表现出难受的样子，他们乌青着脸，似乎之前的恩怨还未了结，亦似乎还沉浸在前世的儿女情长里，没有回过味来。我看着他们的外壳，渐渐地也就从那一种莫名的心情中出来，他们并不属于我，他们和我不会发生半毛钱关系，他们认识之前的我，而我不认识现在的他们。我和他和她和它之间存在着代际的鸿沟，我无法逾越。而那当世的，一天天在枝头摇曳，我看着她，她也喜欢着我，我们之间的喜欢必须要在此处略去多少字，我不想说那么多缠绵以恶心这个俗世。在那成长的初期，我同样不能盯住她看，那么就让她留在心里，她的脸庞像她的胸脯一样鼓成一个包，鼓得涨红。而那些指向后世的柿子，却总是引我好奇，我没有去问他们是不是生来就自命不凡，还是早早已经得到某种受命于天的信符，或者，其实也没那么复杂，他们要么只是一开始就站得最高，没有谁够得着，或者又生得最低，让人懒得弯腰去够，而那最巧妙的一招是，他们竟然都是藏在一片叶下，或者树杈的腋下，亦或者不在那需着力的地方，不在那易得手的地方，不在那特显摆的地方，这样就没有被发现，没有被采摘，也就保留了下来，留在最后，因缘际会，弄巧成拙，假戏真做，藏成了露，黑成了白，坚持获得了加持，他们被理所当然地选中，他们被赋予了某种使命，他们被踉跄着推到了前台，他们通红了脸在那里逆风飞扬，他们从起初的不习惯到逐渐开始学习着担沉而任重道远。一大群兄弟哗哗地撤场前为他们送上祝愿，一时万籁静寂，原野空旷，那该走的都走了，独留他们在世上。他们在瞬间似乎有那么一份不适应，有那种旷世的孤独，和断代的忧伤，以及不世出的感慨。但是很快，他们就将这种稍稍显得负面的思想涤除掉了，当他们重新振作，怀着一腔激情张望时，那晦暗的天空顿时有星星眨眼，那阒然的大地顿时有虫虫鸣唱，而那更大的一群晚辈正在咕叽咕叽地孕育，正在胎动，正在期待着他的到来，等待着被他唤醒，等待着要横空出世，等待着活色生香，等待着鲜衣怒马的青春岁月，等待投入那热气腾腾的生活，等待竞渡那怒放闪闪的生命。

是啊，是这样，在那万事万物中，总有一些是前世派往今天的访客，也总有一些是来世特遣至今朝的使者。是的，我相信这样的通灵，就像我相信，那总要剩下的一口饭，那总要遗留在土里的红薯，那总要丢弃在路上的一束麦穗，那总要忘记掰掉的一根玉米，那总会超过几千年的一棵棵大树，那大地上总要留下的一畦庄稼，那总在寒风中簌簌响动的一片枝叶，那总会留在世上的最长寿的一个人——一定都接受到了某种告示，那么不要打扰，他和她和它，一定在虔诚地履行着某种使命，恭谨地顾及着某种需求，甚至那洒在路上的一堆垃圾，肯定是听见了一群饿者的吁求，甚至那一些些名字，比如受一个人殃及的另外两个同一天落马的人，偏偏就叫作长根和连根，那么，这只是单纯的巧事吗？只是让汉字蒙羞的俗事吗？这冥冥之中又有什么联系？我想问那一棵棵树，问那一树树柿子，只有他们能够说清，那被安排下的一切，早已不是一己之悲欢，早已不是杯水之风波，他们维系着古往今来，他们耦合着千秋万代，他们之所以存在，就是为了启迪很多人，为了昭示很多事，之后，之后，他们的面目才会渐次模糊。我想，我领会树告诉我的就是这些，不然，怎么能释然得了，为什么总有一些东西吃不完，总有一些物品用不尽，总有一些话语说不透，总有一些道理拎不清，总有一棵柿树，和我昨天看到的一样，总有一些柿子，不是为了今生来到世上，也不一定非得要被今生的你我吃上。

无论是荒凉的山野，还是更加荒凉的官邸，那最后最后的一颗柿子啊，那重大的责任她已尽到，那光荣的使命她已完成。她马上就要慢慢离去。那一天，我刚好从远方拍马归来，她所有的心愿已了，浅浅微笑着，完全放松了自己，啪嗒掉入我的手掌里，掉入我的眼窝里，掉入我的心底里。那一刻，一群红红的喜鹊突然不知从何处张开巨翅飞来了，铺天盖地，绕树三匝，为她唱诗，奏响安魂曲。那一刻，所有枝头上的新生都在嘣嚓嚓绽开，呼啦啦崛起，春暖花开啊呀嗨，风吹过人世的千重波浪。

吹入清晨最冷的那道风中

我忽然地醒来，和我能准时地醒来，全是被我自己叫醒，被我压制在身心最深层的那股风搅醒。我开始入眠前，担心我会一觉睡过头，现在看来是多虑了，再小的头儿都永远要比我英明，所有的男男女女都和我一样，根本不可能瞒哄过头儿这一关，头儿一直很清醒，他们知道自己要什么，当你在熟睡时他们仍然会在无休无止地吟唱：看前面黑洞洞，定是那贼巢穴，待俺赶上前去，杀他个干干净净。另外，我临睡前对于这个周遭世界的千叮咛万嘱咐，后来发现，其实都不太管用和靠得住，他们都有各自的盘算，他们连自己的心思都操持不完，往往就会忘记了你的大事情。一方再大的事情，传到另一方，也不过是小事一件，甚至可能跟从来没有发生过一样，不值一提。这不能怪他们，谁也没有权利去强迫谁都要儿女情长，一掷千金，换位与体谅，泛爱众而亲仁。那么，在最黑的夜色里，什么事情不会发生。那么，在最最接近阴谋的时刻，什么罪恶不会在心底草长莺飞。而在那最最临界喷发的爆点，我想我还是不能任由它们不加节制地放出心魔，我不能任由它在这个人世捣乱。这个人世看起来糟糕，但更美好；这个人世看起来愚昧，但更智慧；这个人世看起来黑暗，但更光明；这个人世看起来怀疑，但更相信。所以我必须起来，将那快脱缰的马拉住，将那快燃烧的火扑灭，将那快要喷发的岩浆盖死，最后我再给那上面压一张偈文奉劝一句：请三思而后行吧，行有余力，则以学文呐。

我一骨碌从那荒蛮的撕拽中挣脱，沉重地爬起，爬起。在那个从迷茫到清醒的交接过程中，尽管我已经一再告诫自己了，动作要轻，幅度要小，可是即便再轻小，我还是会惹出一点儿乱子。我的娘啊，看看，反倒是我惊着了那只公鸡，也惊着了那只公鸡下面的草鸡，让他们两个立刻都呆若木鸡；是我惊着了那只硕大的闹铃，让它一下子手脚错乱，不是过快，就是过慢，从此不相信自己，别人还不敢随便去数说，一说怕它连腿也不会迈了；是我惊着了窗外那只啼叫了一夜的虫虫，他忽然地噤了声，肚皮下面滚出一个母大虫，疑惑地看着他看着我。我也惊着了屋顶上的那两只蚊子，他们为着安排自己的好事，在我耳边叫嚣了一晚上试探我，直到见我毫无动静，就放心地抱在一起，刚抱上我却醒了，我不知道我扰没扰到他们的好事，总之我不会一口气喷死他们，天气是这样冷了，我得让他们留住最后一口气幸福一下，而后，在我的寒舍里开辟一角挨过寒冬，我的陋室再小也会有他们的藏身之地，也总比外面暖和，我期待着在来年与他们一起血气方刚地苟活。还有，还有，我也不经意地惊醒了一个女人的呼喊，这世上没有一座房子是能隔音的，这世上没有一堵墙是不长耳朵的，这世上也没有一块地方是能经得住折腾的，这时候的她难得还听见了我起床的动静，看见了我在她们不远处的走动，她慌乱地腾出一只手来，捂住那个无限向下张开的叽哩咕哝的嘴，直到把它装到自己的身体中去，直到把一切声响都咽到那张嘴里去，整个时辰随即被他们搅和得热烘不明含混不堪。而我的双眼也随即被涂抹上一摊鸡屎般，一时模糊。相较于白日焰火的更无节操的喧嚣，此刻已经算是万分安静了，但我还是被这些狼虫虎豹惊着了，我急需要出来，投入无边的夜野中，听一听那斗大的风凉声。

有一刹那，我看不清要走的路，我打开自己的探照灯，向前面攒射出一片光明。那前面偶尔经过或者对开的什么怪物，误会了我的明眸善睐，也是两眼放光，那抛过来的媚眼，让我双目一阵刺痛。我能理解，在这样的时辰，谁都会很容易就产生了错觉。我能理解，不想轻率地说破，我在等着她慢慢自行觉悟，但就在那两条光线擦肩而过的瞬间，我发现，那个哗啦啦闪过长路的影子，不是一个人，恰恰就是啊，是那一阵风。是风，在这样的早上，最潇洒的只有风，可以在四处游荡。一切都还没有到来，所以它不用躲避人，不用躲避车，不用躲避一切奴才和宠物，不用前思后想，不用殚精竭虑，不用灯红酒绿，不用花天酒地，不用针头线脑，不用柴米油盐，不用婆婆妈妈，不用盆盆罐罐，不用愁容笑颜，不用西装革履，不用装腔作势，不用油腔滑调，不用暴殄天物，不用焚琴煮鹤，不用糊满一脸皮笑肉不笑，不用见人说人话见鬼说鬼话，更不用有伤风化获赠一瓶风油精开上火车上北京——不用，说什么都不用，这全然是她所说了就行的世界，一切可算是由尽了风的性子，给足了风的面子。她到房子跟前，就是房子；到桥梁跟前，就是桥梁；到芦苇跟前，就是芦苇；到水跟前，就是水。到门外的那一只狗跟前，就是狗；到门内的那一对狗男女跟前，就是狗男女；到门内门外的那一堆狗日子跟前，就是狗日子。她让狗习惯了兜风，她让狗男女习惯了风流快活，她让狗日子习惯了密不透风。

我说，你好啊，你这直率的风，你这解放了的风，你这想走就走的风，在这最寒冷的早上，请带上我，请把我拉进你的圈层，请让我和你走遍五湖四海，四面八方，海阔天空，秋水长天。这并不是我的一厢情愿，你来看啊，我这念头才刚刚一起，我身体里的风顿时激活奔涌，我头脑里的风顿时集成风暴，我已经形成的蛰伏已久的秘境里的风即刻被唤醒，迅速和外面的风形成呼应。她们一起携手着，旋转着，飘逸着，向着那更广大的尘世呼啸而去。我高兴，我欢呼，我遇到了这一股最原真的风，最元气的风，最源头的风，最挚诚的风，最清澈的风，最彻骨的风，最契合我的风，我们击掌，我们合鸣，我们缘定。我心中想做正事的那团火，我想让她吹旺；我头顶想升正气的那团火，我想让她吹亮；我脚掌上想奔正道的那团火，我想让她吹响；我胸腔里憋闷的想发正声的那团火，我想让她吹狂；我眼睛里饱含的想求正义的那团火，我想让她吹强；我整个身心里灼热的想传播正能量的那团火，我想让她吹扬，想借船出海，借风扬场，火借风势，蔓延向那最遥远的地方，能去多远就去多远，去沾溉那荒野边缘最孤立无援的一片草莽。

这样的想象间隙，当我喘一口气，当我放空目光，当我和盘托出，我看到她们已经开始行动，她们完全明白了我的思路，正在急速汇总集纳为荒原上的那一团火，那可怜的火啊，她已经孤独地燃烧过好多岁月，近乎薪尽火灭了，因为这一场风的及时赶到，因为我的火种传递和能量输送，她终于得到了接应，她的撑持在最后一刻苦尽甘来，她的付出在最后一刻柳暗花明，转寰之后的她重又欢快地燃烧起来，这一次的燃烧，远比上一次更加彻底，汤汤水水，不留一点儿渣滓；远比上一次更加缱绻回旋，兜兜转转，不留一点儿枉然；更加猛龙过江，潇潇洒洒，不带一滴泥泞；更加鸿鹄冲天，堂堂正正，不沾一点儿杂质；更加白虎啸林，嵬嵬赫赫，不打一点儿折扣；更加如电如雷，心劲丰沛，目的明确，对象纯粹，接续了暗号呼应，润泽了雨露君恩，在最黑的时刻里，自拍到无限璀璨的笑影和风范。 哦呵，风范，风范，风就是范，啊呀，多么好，看呐，嚯嚯嚯，活活活，猎猎猎，烈烈烈，那荒原上不断冒腾着火星，那一场风搅雪一样的狂欢，正在席卷着整个夜空。 而与此同时，或许是受了这一例成功尝试和演练的影响，我整个人都如同深陷风暴眼中，正在不由自主地发生着一场场连锁反应，我站立不稳却又欣喜若狂地惊叹着身心中的尘土被唤醒，风尘仆仆地要与风接头；我身心中的水系也被唤醒，要在风水宝地里与风相拥；我身心中的云彩也被唤醒，要在风云突变前风起云涌时与风执手；我身心中的花朵也被唤醒，风花雪月地要与风华正茂的风亲吻——啊呀呀，她们在耸动，她们在吵嚷，她们在闹腾，她们在准备出场。 她们所有的风言风语都在表达一个观点，她们需要共享一场风雅绝代的烟焰。 在她们眼里，那荒原上的燃烧，恰如情人之间擦出的花火，那般润眼和沁心。

其实，我顾不了她们那么多，其实，我已然全部眷顾到了，其实，更让我高兴的是，我没有忘记并且达成了我此行的最主要目的，就是我迎面遇见了那一场最冷的风，那一场呛面子的风。为此，我错过了那个路口，我模糊了那个要求，我恍惚了那个方位，我跨越了那个障碍。 在这个追寻风的过程中，我的速度加快，我的状态对路，我的情感升华。我看那月亮在高天上，看那树叶在枝干间，看那麻雀在檐头间，看那永恒的一切，他们也向我颔首致意，就在这一瞬间，我感到浑身发热，我感谢那无私覆的天、无私载的地、无私烛的日月、无私行的四时，他们大行其德，让万物遂长，让我道有所钟。我看到亿万斯年前的我也在看他们，我向他问一声早安，他朝我微笑一下，而后消失不见，我明白他徐徐隐退的方位，就是我此生风驰电掣的向往。我看到左边有一个蹬着三轮车的卖菜者正在费力地爬坡，他弯腰狠命蹬车的姿势一下子就和千年前的那个人一样；我看到角落里一个流浪汉正拿个木棍将四下的黄板纸等废物拨拉到跟前，篝火取暖，他不已的唏嘘一下子也和千年前那个人一样；我看到一个老妇人，她抡着那么大的一把竹帚在一下一下扫醒还想睡个回笼觉的人世，她艰辛的动作，同样和千年前，一模一样。我不经意的一瞥，和我特意驰骋而去的探询，所看到的最后大体也都一样，我仍旧能够依稀地记起，在那个千年前的早晨，我同样见到过他们，心里为他们疼过，那一份疼长久地埋在心里，一旦有合适的时机就会隐隐发作，这么些沧海桑田翻腾过去了，我以为他们早已湮没不见，我也觉得我的生活已经够好了，可是没想到他们依然跟了过来，让我一下子恍悟到自己所面对的痛苦和欢乐，因为他们的存在和见证，竟然和千年前一模一样，我的心疼竟然从未麻木地远离和消逝。我还看到那一寸草、一瓣花、一粒土、一滴水、一只小虫子，等等，尽管当时世界的光景不是很明艳，但我能意识到他们就趴伏在一边，在哪里默默地痴痴地看我，为我的激情四溢而由衷欣慰，我能感知到他们对我的期许和鼓励，因为每看一眼，他们就会把昨天的积蓄传递给我，让我陡增心力，昨天的昨天之积蓄他们已经给了我，让我得以完成那时的一些计划，昨天的昨天的昨天的积蓄，他们同样给了我，让我得以完成那一系列事情，那些事情或许在很多人眼里毫无意义疏于作为，但于我却情比金坚，什么不是点滴，什么不靠积累，什么不踏实经过。我感谢那无数个昨天他们的给予，为了这份全方位的毫无保留的奉献，他们每天同样需要充实地积极地勤劳地活着，他们在替我吸收，替我涵养，替我蜜炼，替我保留，替我管控——而后在每一个早晨，同样被那最冷的一股风唤醒，列队在我经过的路上等候着汩汩给我，今天早上是这样，明天早上是这样，无数个明天早上都是这样，子子孙孙无穷匮也。我因此不会担心耗竭，我因此不会担心亏损，我因此不会担心虚弱，我有那么多的源源不断，我有那么多的欣欣向荣，我同样有那么多的新新不已。我庆幸能被他们选中，在她们爱的沐浴中强有力地成长，我顺滑着她们的丝发，我灿烂着她们的颜色，我光华着她们的气韵，我庆幸，我能在那个最能与她们和合的时刻自动醒来，从而避过了再往前的花花世界的目迷五色，屏蔽了再往后的煌煌终日的耳障八音，我庆幸我能从很小就喜欢她们，而她们同样一直喜欢我，倾出她们的所有宝藏以及每日更新的价值来栽培我。为此，我谢谢他们和她们和它们，谢谢这有性有灵有情有义的世间万物，更谢谢风的牵引，风的推动，风的媒妁。

我想，这样点滴的新锐的认识，只能在那最冷的一道风中实现，在整个黑夜的缠绵里和整个白日的聒噪里，我根本无暇这样去想，我会自以为是地认定就是那样了而不是这样了，我会被一些程式魔障一样地带走，只有被这一道风吹到醒，我才会打个激灵，才明白我原以为所取得的被艳羡的成就，只是积攒了无数无效的机灵，我这沿线广泛缔结的基业，却原是遇到了那么多怪诞的畸零，我很大情况下眼里的所见，它们生发不出活泛的贯通。谢谢这一股风的提醒，我得把长存于头脑中的不相干的元素清零，我要让自己轻灵起来。是的，此刻，看啊，时间跳跃闪现到三十七分钟时，这一天的气温嘭的一下降到最低点，我顿时就感觉到了身心里吸来袭来的那一股清，多么清，正好达到了最彻骨的清、最通透的清，正好，又遇上了我千呼万唤的那股风。今天的这股风，比昨天来得早一点儿，比明天来得晚一点儿，但是今天，却正是最适合的时辰，或者说没有时辰，或者说时辰静止，或者说忽然换算和切换到另一种方式，先不管了吧，总之是里应外合得恰到好处，如同要雨得雨，此刻要风得风。且看这清风明月，风清气正，荒原上所有觉得可以滋补于我的物品，呼啦啦升腾，飞旋，凝结，唰啦，兜头浇淋我的内心，全神贯注我的头脑，绫罗裹抱我的周身，锦绣闪耀我的灵光。这人生有多少风清，多少风致，多少风流，全在此刻奠定基础；这生命有多少光明，有多少光彩，有多少光芒，全在此刻修正装成。在这个特定的时刻，我看到污浊在迅即暗沉，阳气在火速上升，一个人会独自发现，一个人会有效扩张，一个人会产生无限可能。

而我的头脑里咔嗒一响，也就宣告着已经想清楚这一天要做的事情，这一月要做的事情，这一年要做的事情，这一生要做的事情。我叫开三十里铺的那扇门，说，店家，给我买一张最早烤熟的胡饼。小二亮声而应，转身包装递出，说，好嘞，客官，您这又没睡个天明觉？我笑着接过：您不也是？小二忽然想起什么来，又随手递出一份吃食：这份您收好，麻烦您捎带给铁炉庙里的居易先生！ 告诉他，居大不易，也别躁急，没风了，就乐天喜地地等一等，风来了，就多呐喊几嗓子，看那高台上啊，自有御风万里行，雄鹰击呀嘛，击长空！

当一切繁华落尽你的壮美自会夺人心魄

是在刚刚下了一个长坡，接着又拧转方向，要拐一个小弯的刹那，我紧握方向盘紧张地正视前方摸索前行时，忽然就看见了它，或者说在大地刚刚揭开了全部面纱后，它猛地便浑沌沌起身扎步，威赫赫奔来眼底，呀呀嗨，熠熠啊，它是那样的高大和雄健，具有充足的震慑力和象征性，猛地就攫住了我、罩住了我、阻挡住了小小的我，我所有的内涵和外延都在密集地发生着调整和重组，即刻就作用得我要迈不开脚了，展不开步了，我要屏住呼吸了，我面部神经要麻痹了。我的车子自动熄火，轮胎固封，连路面也开始了打滑，我不得不停靠在了路边，歇息上两三分钟，让一切复归平顺。在那短路的瞬间，我静静地木木地打量它的样子，准备好迎接它接下来要做的什么事体，直到三番五次地确认好它并没有挪移半点时，才谨慎转动车钥匙拧开旋钮，缓缓再启。而这接下来的山一程水一程，聒碎乡心梦不成，故园无此声里，我行驶的速度明显变慢，是听到了什么叮咛吗，是感受到什么暗示吗，是接收到了什么恐吓吗，不得而知，总之我从之前的狂飙突进，变成了小心翼翼，我从之前的无所顾忌，变成了恭谨前行。我也奇怪怎么在它被我重新发现的前后，我的行径会突然有了这么大的转换。我更是奇怪，怎么望上去一马平川好端端的路，偏偏要拐调那么一点琴瑟弦，出现那么一个刀把子，显示那样一种弯月牙——我不知道找谁去求证一种解释，是的，从表面上看，那里确实是在修路，各种机械工具摆了一大堆，两边的田地里已经起出了很明显的地下通道，挖掘机还停在那里，随时准备着上工，一下下地抠出一窝窝的新鲜黄土。

那么事实的真相果真是这样吗？当然并非如此简单，我明白，此时此刻，无论是想证实还是证伪，其实都只是停留在皮相的徒劳无功。而我又不可遏抑的，真的很想知道那背后隐喻的种种努力，尽管在短时期内，它注定会显得遥遥无期。哎呀，我无法猜透那份隐语，我只有看着它，不断地看它，希望它能给我一份提示，一份比画，一个眼神，一个心会，让我在瞬间开窍，为什么这样寒冷的时刻，我不在燥热的被窝里待着？为什么有条件偷懒，我不能闲坐下来享受生活？为什么很多事情谁都知道永远做不完，我依旧要如此辛苦地奔波？为什么明晓这世上其实不需要那么多的完美，我还是一如既往地不懂拒绝？为什么身心里已经能感受年岁不饶人的乏力，却总是不肯停歇下四处漫游的脚步？为什么美人已经劳苦不堪，却一直都盛情难却——是的，十万个为什么。是的，一腔子怎么办。是的，那么你啊，像绝世的英雄、绝代的美人一样的你啊，既然出现了，就如同万能的神，就必定要承载寄托，那么，能不能就这些疑难杂症，一一通通解答而后痛痛快快地告诉我？我坐在那里时发现双腿如戴脚镯，我奔跑起来又会感到焦灼，我在这二者之间摇摇摆摆不了多长时间就又胶着。我猜想这一切都被你看到了眼里，你肯定想要起个大早，在我突然造访时，与我狭路相逢，指引给我一些方向，传授给我一些方法，以便劝阻我再甭于胡茬地里乱跑一气，耗费本来已变得越来越少的精力，那么你肯定是在不断说一些什么，而且你想让我听到，用心地听到和懂得！ 而我能听到吗？ 我有那么大的耐心和那么好的功能吗？ 那么就让我试试，凡事不试怎么知道不可为，凡事不试怎么能知道自己有多么的了不起，就像一小时前那样，我隐隐听到了这条长路在呼唤我时，我便一跃下床；隐隐听到这片故园在呼唤我时，我便驱车上路。 那时候天还没有大亮，但我不会在意，我只顾呼应着我的心声朝前走，那时候四野还是一片混沌萧疏，但我同样不会在乎，我一旦爱上了那通灵的百姓和万物，那流窜游弋在我心中的滚滚寒气，自会被一丝不挂地逼走。

看啊，为了这个清晨最早时辰的相逢，为了这一次前无古人后无来者的会面，它扫清了多少障碍啊！ 专意形成了那样的一个时空的弧度，特别促使生成了那样的一连串心理与生理的状况。 我完全相信，它已经修炼了千秋，准备了百代。 要不然不会有这样的风度，有这样的涵养，有这样的气质，有这样的情致，能够在瞬间打动已经见惯不惊的我，已经繁华历尽的我。我真就纳闷了，在外流浪的多少年来，这条路，我也是时常回走的呀；这两边的景象，风花雪月里我也是经常可见的呀；那沿途很多村子里的人事我都略知一二啊；那一闪而过的很多地名我都一知半解啊，可是，我怎么从来没有在这里正眼看到过它，况且，它还以那样光彩的伟岸的形象示下？

让我想一想啊，距离我上次看到它有多么遥远！ 啊呀，真是不想不知道，一想吓一跳，这匆匆的时间啊，已经过去很多年了，那应该还是在我当着小屁孩的时候，或者渐渐大一点儿的少年时代，那时我就住在它面南的村子里。我在村口，我在地里，我在上下学的路上，一扭脸一扬脖或者一回头，随时就能看到它，看到它纹络的白路，看到它腰眼的山羊，看到它额颅的高耸。那时候天很蓝、云很净、庄稼很低调、人事很厚朴，而它也就像晴阳下大胆晒羞的美女一样，敢于很纯粹地袒露，愿意出来亮亮相，愿意被乡亲父老们亲善地看到，被我景仰地遥望。可是仅仅就在有朝一日之后，平静的生活开始被打破，安详的格局发生了变化，拙呆的我被甩将出去裹挟起来，无奈地出门流浪。谁也没有料到，个人史上如此的动荡和慌乱，竟然有始无终的势必持续很多年很多年，身处旋涡之中的我，便再也难以享受那样幸福的观感，能有一刻的安闲，腾出一块时空，关注一下，它，究竟还是不是当年的模样，它，究竟还能不能带给我神秘莫测的感动和力量？

我其实早已痛苦地知道，我的那一片子地里，早已没了玉米，没了麦子，没了棉花，等等。当年她们之所以紧贴着大地，就是想着要给我余留出那么一些空间，让我的目光辽远，让我的性格质实，让我的热切燎原，让我的想象烂漫，让我像能看到它一样看到远方。我至今清楚地记得我离开时的一回眸间，她们都还在眼泪汪汪列队相送啊，就像我离开时我养的那只狗还在，还在哭声汪汪地追着车子想要上来，而终于没有上来，终于声嘶力竭地被遗弃，远远地在麦地里缩微为一个小点，直至天天茶饭不思，端坐着狠瞅我离开的方向，迅速地心死病亡。可是，可是那时，我怎么能在这一切面前流连太久，怎么能够做小儿女态地顾及她们太多，我一头扎入了匆遽而来的人海车流中，我满怀渴望地想要新生活收留我，我急迫地要融入另外一个环境，我被那些花枝和色阶牵引着，慢慢疏忽了对庄稼们的眷顾，她们从此懒得梳妆打扮，懒得生根发芽，终至颗粒绝收了，像那条亲爱的小狗绝食而亡一样，没有了，再也没有了，尸骨无存，落花无踪，她们再也不能和我平行。亦或者，正是我的眼里起初没有了她们，到最后，我再也不能看到她们，我和她们渐渐暌违，越走越远，不论有意无意，总之是逐日疏离。她们消失了，连最后那一抹绿色，那只狗撵我车子的身影，很多年里，也都成了模糊，一丝丝、一点点，消失到没有。没有，也就永远没有了。村子里不再种这些庄稼，一茬茬新生的孩子同样急切地奔向大小城市，没有时间掐猫逗狗。而那些留下的闲汉们，在冬天歇闲里到处溜达时带的狗，已经成为他们发财梦的代名词，成为给他们赚来零花钱的工具，人眼里没了最后一丝朴实，狗眼里也没了最后一缕良善。在那片荒野间新推出的简易斗兽场上，一堆人啸叫着，一群狗奔跑着，一两个人夹起一叠子，手指从舌头上蘸一下口水，嘻嘻哈哈地把那花花绿绿的钞票数着——心里划拉着今天在这里跑完，明天赶往下一个场子，又会有多少进账，哎呀呀，我不忍卒看，这演变的又是个什么礼数，这一众人狗，躁动不安行进着的又是个什么路数——

我还是回到我的这片大地上来吧。话说某年某月的某一天，麦子们集体流亡之后，代之而生而起的是各种果树，满地的果树，我看着它们，眼神里的那种柔情和热度明显逊色，大概因为我和它们从来就没有发生过关系，和它们的身体和气息之间没有更为深刻的亲密接触，它们没有像玉米叶那样火辣辣地割过我，没有像棉花朵那样温热热地贴过我，没有像小麦穗那样爱恨恨地扎过我。我缺少那样的切肤体验，可惜了，我和它们都没有钻过，就像在我走后，驻扎进村子里的很多人，我和他们彼此都不熟。活到这样一大把年纪了，我和谁轻易都建立不了联系，我也彻底懂得了铁打的村子流水的人、铁打的营盘流水的兵、铁打的衙门流水的官这几个句子所深入包含的韵味，当我经常发现许多的别人，那么轻易地就感觉到位不能自拔时，我总是想尽早提醒他注意注意，尽管他总是到死也没有弄清，而且还不那么愿意听。

哎呵，不管它咧，栽植于我心田中最美的果树，永远只有我还存在于村子里时，我家院子里的那一株，可能个子不高，可能扮相不美，可能味道不甜，但她却牵引着我的稚情最爱，就像我出门在城里遇见那么多的美女，我回到村子里也会见到一茬茬那么多风生水起的女子，可是我依然只记得那小时候一起缠绵嬉耍的几位玩伴，尽管我痛苦地知道，虽然相距并不远，但，在主观和客观上我都不会再见到她们，但，她们永远会占据在我的记忆深处，不需脑补便摄我心魂，即便她们那些小名，再也叫不回童年，而她们那鲜美的笑靥，也注定会永不毁童年。是的，我可以这样大言不惭地公开说我不喜欢这些枝丫乱舞的果树，可是这也不代表我就不会亲近她们，她们，毕竟也是从我的故土上长出的新一代。我和她们之间不咸不淡地保持一份距离就好了。或许，她们也能感觉出我的那么一些冷落，也就此深知，她们的繁花其实并不是为我而开，艳丽并不是为迷我而容，心事也不是非得让我去猜。我不太着墨于此。我想探寻的只是，同样一片土地，竟然可以结出完全不同的两大类作物，而那前前后后，我满目的所见带给我的，是远望的梦想和厚道，而别人所见带给别人的信息，却是近视的经济和算计，这之间，怎么会有那么大的落差和变异？ 又是什么，造成了这样巨大的亏空和隔膜？ 无法填充，无法对话，无法兼容，无法理喻。 既然我们互相都无法说服对方，那么，就只能求助于第三者出面主持评判，他必须德高望重，他必须见多识广，他必须老成公允，他更必须深谙王道。应该是时候了，他随即呼之欲出。 他让我们想起在那似乎已经持续了无数年的繁盛里，那样一个巨大的所在，被搁置在后面，拦挡在后面，遮蔽在后面，遗弃在后面。 我们啊，一直都在被那些所谓抢占先机的繁华迷眼，被那些所谓泡沫拥挤的丰硕障目，被那些鼓吹震荡的小成搅扰得心血澎湃。 而似乎在主动和被动间，不自觉地就忘记了这一条来时的路，和那大地上最为坚实的根基，树枝上最为鲜活的叶脉，史册上最为瑰丽的原料，人心里最为本色的养分。

那么，不要担心，遗忘并不代表他不存在。 他只是在等待着时机，蓄存着真气。 这不，当落红缤纷，一夜风吹，一叶知秋后，由他代表的那个所在，终于被亮了出来，或许起初他还有些不情愿，可是一旦浩荡的时势需要他，那他就义无反顾地漂亮登场。 啊呀，那一份闪出真是气势如虹，顿时让一切黯然失色，稀里哗啦。 许多麻木已久的普通人还在猫冬，尚未灵醒过来，那么本文开头出现的这一幕，只有被刚好经过那里的我看到了。 哇，我哪里见过这样的阵势，或者这原来就是最正常的阵势，反倒被我认作了新颖，总之，那瞬间的思绪被惊滞了，如奔跑的马扬蹄，如乱窜的鱼张口，如飞翔的鹰敛翅，如喧嚣的空气停滞，如狂怒的列车徐缓。 我不得不不停地停车，一会儿坐在车里，一会儿站在路边，我要把我自己揉捏到位，来给他照一张相片、留一张佳影。我要痴迷地看他，尽管他岿然不动，我要把他拉近又推远，横看成岭侧成峰。这样与他相处的一个距离和角度，真是太好了，而那横亘在我们中间的，是谁也阻挡不了的宽阔。没有人，没有风，没有声。我就在那里呆呆地看着他，美美地看着他。啊呀，再也没有什么，能比过他的宏博。那远山一条长长的印痕，就在那里铺排着，就在那里绵延着，就在那里絮语着，而那不断不续紧密相连的中间，只有他突兀而出，卓绝而立。他的横空出现，注定将让那之前的平缓和之后的平缓，所包孕的意义和价值，再也不一样，无论从哪一面挑起话头述说，都不一样。那青山隐隐，中部高高，像极了那个心电图的磁波，像极了，像极了我初见美人的心跳，像极了我此刻再难压抑的情绪，像极了我此刻血脉偾张的感悟。他一出现，让一切哑口无言。啊呀，他什么没有遭遇，他什么没有经历，他什么没有体验。而他，也真该庆幸啊，不早不晚的，在此刻遇见了我，我同样也早已准备好了超乎常人的敏锐，这样一颗敏锐的心，正好可以拿来与他共鸣和同感。而就在那样的与此同时间，我在南边的天地边际线上，同样看到了一带漠漠的山脉。我自动生成的应激体系反馈我，我之前虚度的大半生里，是从来没有看到过如此的奇景啊。那么这算不算我所眼见为实的南山的一次处女作和首发式？哦，南山，是知道他要在北方出现吗？于是也特意在那里恭迎膜拜敦请，在那里山呼万岁以应。这真是此方天地和合相映的大美啊，可是一想到只有我一个人在看，他们在为我一个人展现，我心不免就有一些愧怍，我身不免就有一些惶恐，我想呼喊很多人来看，可是他们还都没有睡醒，梦呓或者梦遗几下，就又翻身呼噜连天了。我没有了办法，我没有了同道，那就让我斗胆独享这一份美景吧，再把我自己放进去，成为那之间的一部分。让无意识的你们，错过去吧！多少人啊，一生中先后别却了那多少多少的曼妙的一刹那啊，而他们自己个儿，也就在那其中，说时迟那时快地随之销声匿迹了。

啊呀，多好啊，在我慢慢前行中，只要有机会，我就朝他那里一望。随着天色的逐渐由晦暗而麻明而光亮，他霍霍然，豁豁然，一直在我一旁，如同白袍小将，护卫前行。这时我车子左前方的倒视镜面上忽然有晶莹的一闪，原来是太阳！呀嗨——太阳从东方升起了，从我的身后升起了，从那些满地的树杈间和人世的屋顶上，轰隆隆地升起来了，啊呀，那喷薄腾跃，那峨冠张扬，那金丝情洒，凡间一刹那赤地千里，众生六道里霞光万丈。这时再去看他，哎呀更是不得了了，那阳光与红尘早已汇集为一束束，投掷到他身上；结成为一网网，打扮在他身上；攒聚为一团团，黏贴在他身上；调色为一点点，皴染在他身上——均匀地涂抹，精心地装修，一个程序都不少，一条纹理都不缺，而且各司其职，毫不拖泥带水，在几秒钟内全部完成，随即唰拉拉披上黄金甲，披上金缕衣，那阔步流星走出来的，是那么样的一个罕见的崭新的鲜亮形象啊。哇呀呀，看吧，无限沉着又无限精神，无限稳健又无限荣光，巍巍然焕发，轩轩样耀眼，我真是要叹服得五体投地了，双膝跪拜我的故土我不嫌弃，欢呼这样的风华我亦是由衷诚挚啊。我想象着昨晚和今朝，自己一时兴起，从远方归来，原本是要过个嘴瘾散个步的，而现在，包括这些在内的一切俗物都显得气格局促，器量单调了，这一切反过来都成为陪衬，都成了由头，都是为了烘托这一幕小中见大的偶合，来促成我同赴这一场筹备长久的约会，来见证这一份期待深远的兴替。

所以啊，我相信他及时出现和对我再次晓之以理：在一切还没有水落石出之前，不要迷恋那些花繁叶茂，惧怕那些乌烟瘴气，担忧那些雾霾尘埃，失意那些烟雨朦胧，那一切都是浮泛，都是肤浅，都是碍眼，都是虚幻，不要在那里徘徊和停驻太久。在永恒的底线和本色面前，那必须过尽的，终究会逝去；那注定离开的，终究会回避；那无缘长久的，终究会斩断；那费神铁心要扎根的，终究会水土不服；那花里胡哨的，终究会无形消散——但那自然的依然，自在的常在，自省的苏醒，自强的永存，那被这天地精心检验过合格的，一直不曾幻灭；那被这人事反复考证的，从来不曾作废；那被这风雨星花经久锤炼过的，自古不曾颓圮；那被这千秋百代摩挲揉搓过的，谁都不曾清退——当天气晴得清心时，当空中蓝得亮眼时，当所见都是疏离之美都是澄明之净时，那份存在就会闪现，把那份震撼宇宙的气场推送过来，张开漫长的双臂，将越来越卑微的我们，揽入宽厚的胸怀，择去我们发际掺拌的杂草，除掉我们腋下夹带的灰尘，让我们改头换面，革故鼎新，赐予我们重生的新新不已之仪、之态。是啊，在那个瞬间，我好像忽地深明了大义，他确实是应该叫冢的，他本身就是一个大地的肿啊，是一个重啊，是一个种啊，是一个终啊，是一个中啊，是一个盅啊。当你从这个拼音和字义连带着去理解，竟然一系列的惘然，都完全可以迎刃而解。

是啊，我内心的困惑和这世间一切的疑难，似乎只有他和他所代表与承载的东西能够说通和释清。他一直都在，那么任性，那么倨傲，那么盛大，那么沉默，那么辉煌。凭你怎么玩耍，怎么流浪，怎么打拼，怎么疯狂，他都一直在。凭你折腾什么，播种什么，期待什么，流连什么，他也一直在。从他生在这里的那一天起，之前的事情，他清楚，之后的事情，他更加清楚。他知道上一层的血雨腥风，他明白那天下的得来不易，他清楚那续写的不再一帆风顺。他注定会大干特干，青史留名。他放手让围绕在周围的众人一搏，让天地辽阔。他知道你会迷途知返，他在那里一直等待，还有一碗饭，有一口水，有一碗羊汤，有一箱油饦，有一盒烙面，等你归来，供你温饱，看你表现，赐你锦绣。他心里跟周围女人们称谓男人们一样，就叫你们为外头人，哎，外头人，我支持你出去晃荡，我赞许你有那么一股冲劲，但是等到你们张狂够了傲视罢了，你累了，想了，那么请记得回来，回到我的膝下来，记得宣示主权，记得你的一席之位，和你那一亩三分地。如果你因为走远了野惯了，一时急火妄言，一时精神分裂，一时利欲熏心，一时没有进入同频轨道，一时甚嚣尘上如火如荼气焰冲天，希望你不要太得意忘形，不要太突破底线，不要迷糊了铁打与流水的界限。因为终有一天，当河东河西，当世事流迁，这一切都不会成为经验，都不会成为贡献，甚至都会成为呈堂证供，比如此刻的这个秋后，要算就会算总账，求利自求天下利时，我肯定还是我，你却未必再是你啊。而你，跑得再远，此刻也必定会回来，乖乖地回来，被牛轭子勒回来，被牛鼻子牵回来，被牛蚊子叮回来，被自己泄了劲的牛气所沤成的臭气熏回来，总之，你从来也逃不脱他的手心，就像孙悟空飞不出如来的手掌。所以不要扭摆，不要扭捏，不要扭曲，我相信你会回来，安心地臣服于他的脚下，善待自己那一片撂荒已久的皇天后土，仔细躬耕属于自己的那一份责任田，以便于有那么一天，在他的授意和分派下，还有那么一块地方能够收留你，以免被风南腔北调吹得片甲不留，不会被水东冲西决得一干二净。

让我们心存敬畏吧，对我们的老祖宗，对我们的老家当，对我们万古长青的老基业。它不可绕过，它不容亵渎，它无法动摇，它无力抗拒，它难以触及，它难得巍峨。在一个时间段里，它宽忍张牙舞爪，容许群魔乱舞，幻听枝头春意闹，任由活鬼闹世事，但是都别太无法无天了，等到一切时过境迁，时来运转，看看，它会出来，收拾这一地的残局，重整这一片的江天，待那明年春来早，依旧满目河山空念远。

啊呀，我多么庆幸！当我走过了好多行程，策划那么多的细节，其实只是为了，在这样的一个风清气正的早晨，在我回归故土荒原的半途中和它相见。这深具历史性的和极富冲击性的一刻啊，一旦被我以视觉而不是听觉、味觉、触觉和嗅觉，捕捉到了，感受到了，这个显著的磅礴的、正发生在节骨眼上的变化之于我的刺激将不比寻常，将打破那些习以为常。是的，从此后，我再也没有必要进入它的腹地，登上它的额头，我只需这样的一个定格，一个映像，就已经足够足够了。这样的迎面袭来如同当头棒喝，这样的正面灌输如同醍醐灌顶，势必将给我的一生留下较高的回忆值，它会一直留在我的脑海里，镜头遍遍回放，可以反刍很多天，教导时时品味，可以励志好多年。而它那份强大的夺人心魄的体能和滋养，如同西气东输、南水北调一样，将会源源不竭地注我，生生不息地助我，让正气鼓荡在我的胸腔，让阳光照耀在我的心田，让我的周身充溢升腾起满满的温暖，拥有那怒放的生命和那抒写出内心一切的力量。

故乡四月温暖的小事情

回炒的麻糖嘎嘣脆

一个村口有摆摊卖麻糖的。麻糖是关中吃食，不是糖，是麻花，不用糯米，用面。现场制作，支两案，架一锅。两女揉面搓条，当空里甩甩，面条就势缠绕纠结一起，轻轻丢到油锅里，汪汪翻滚。老汉坐在锅前，用细长的筷子在铁锅里拨拉着，熟后就放在旁边蹦蹦车上的铁锅里，一顺一顺，放满。客问，咋卖呢？老汉说一块钱一个。客说，咋看着颜色白浅很，能不能回炒一下？老汉就说，这好办，马上给你弄！顺手捡了十根，放到锅里，笑说，看来你懂，回炒确实好吃，色彩油亮，咬着干脆。

过去村里春天常有古会，人去逛会，回来一手提捆麻糖，一手提捆然糕，用粗麻纸绿马莲系着，马莲弄湿后拧成细绳，韧性强，绑挂面时也常用。清明时节虽然距离古会还有几天，人却走动多，前一天是上新坟，讲究披麻戴孝，当日是上旧坟，人更得到齐。这老汉一家，也是趁人气赚个手艺钱。

我觉得此场景轻易见不到，就去车上拿摄像机来拍，过路人看了朝老汉笑，这是个记者么，把你摄去了。她把“摄”读作“聂”。我给老汉说，你弄你的，我给你做个广告！老汉笑：那给咱广告美，看看咱这麻糖，有啥说的！我去照那俩女子，她们手虽搓个不停，表情却不自然了，眼睛互相看了看，就脸红红地不知该朝哪里看了，低头似羞羞地交谈了一句什么。

路口原有三个女人站着说闲话，这时一个女人急急过来，闯入镜头，说，老汉叔，给我也拿些。老汉就给一直在旁边哧哧笑的儿子说，给你姨也回炒三根，往锅里放。儿子就从铁盆里取了两根入锅。这女的就扭头看我镜头，粗糙笑，结实笑，跟她说话那两个女的在一边喊，哎呀，再甭卖你的笑了，给你宣传出去了，吓死人。我把镜头一收，她立马也就收住了笑，用几张麻纸夹起三根麻糖，回到原处，一人一根脆脆咬着，聊天去了。

风高日暖近午天

快吃午饭时，乡人下地归来，把自行车从地里挪出，把锄头别在车身一边，把笼子朝车头一搭，把肥料袋往后座上一缠，自己要么跨骑，轻松而走，要么推着，和同伴边走边聊。同伴轻省，扛着锄头，锄头后面挂个笼子，笼子里盛满青草。

我惊异于他的锄把还是朝下的，我多年前做这个动作时，锄把只能朝上才能钩搭住。

地里肯定还有人在干活，却看不见人，一件红毛衣或者红线衣在绿叶间闪现，收音机声响很大：未开言来只泪落，叫声相公好哥哥——传出很远，却愈觉得大地晌午，十分安静。

一树一树梨花惊心

一些苹果树上的枝干被锯，创面上抹着或蓝或红的止疼药，春天迟迟，苹果花还未开，唯有这样的伤花怒放。

一些苹果树上架满了泥块，那是伸拉树枝用的，想起一句诗：千朵万朵压枝低。

一株苹果树被伐掉，地上锯屑一堆，新鲜脆黄。这一朵花，开得刺眼！

树皮多已白净松嫩，远不似冬日里的干瘪愁苦，叶子正在往出一小时一小时地抽扯。

梨花却正开到轰处，一地洁丽雅，风呜一下努嘴吹过，满树簌簌，一股淡香浓浓袭击着人面人心，一瞬间，整个人就被鼓舞得趔趄不已，胆战心惊。我赶紧从梨园撤出来，抓起旁边麦地里一把新土，扔向鲜艳的高空，土粉哗哗落下，梨花正孤芳自赏，叽叽歪歪地念着诗词，说着醉话，被吓一跳，花容顿失。

儿女最后都会长得和父母一样

墓园入口，胜利一家子人正拉土垫坑。胜利五十多岁了，问我父亲：回来了？答：回来了。你拉土呢？答：拉土呢。这就过去了。过去了父亲就感叹：年轻时看他大人就是这样子，现在看他，也是这样子，一点儿没变。头秃，皮皱，衣服是老棉袄，神情也是木木的，而那站在手扶拖拉机车厢里往下丢土的他的儿子，此时健壮，但是日后，他也会长成这个样子。

其实在村子里刚才也发生过类似一幕，父亲以为一个拿砍刀破完柴正蹲着吃烟歇息的人是司井，就径直朝他走去，那人猛地立起，叫了一声叔。父亲恍然，原以为是他爸呢，原来他是他爸的娃，不过四十出头吧，咋长得那么像！父亲就说司井那时候一年级上两年，二年级上两年，三年级上两年，挣死八活地念到初中毕业，回村里还当了个会计。有啥奇怪的？农业社的会计么，无非两笔账，收入支出，支出收入，也没几个钱，认几个字识几个数都能耍弄！

我母亲和一村人聊天，他说，你看活人愁吧，下世也发愁，得有人帮忙吧，现在青壮年少，帮忙的执客都是专业团队，二三十人，最低供软猴烟，打墓、箍墓，就是叫基建队来人拿挖掘机挖，也得忙活一周，管吃暖墓饭，过一场白喜事少说得花两三万。还过三周年，最少待客两三桌，五块钱的烟散着发，酸奶拿车车推，这账也不敢算。死不起了，死不起啊！

母亲问：没看你妈还好着么？

这人说：去年还下地呢，把地里草拾掇得净净的，就像跟草有仇，拿着铲铲专门等草，草刚露个头，就被她铲掉了。今年过完年躺到炕上了，不得动弹了，我前几日去看，还给我说：妈这两天就走呀！我说，你走就走快些！

母亲笑：老姨有九十岁了吧，脑子还清醒很！

暖墓

爷和婆的坟紧挨在一起，坟头上荆棘缠绕，迎春花开得繁茂，紧紧护住两个土堆，几无插脚之地，得用手拨开，落脚踩实后，慢慢才能到得碑前。碑前有灰烬和燃着的香蜡，不知谁已先来过了。父亲埋头给他的父母烧纸，我就离开，远远看着他蹴在花丛荆条中，我想让他多和父母说一会儿话。他近来身体不大好，给父母掏掏肺腑，身心能敞亮些。

我小时候住在村里时，从不敢到这墓地来，走近了心里也瘆得慌，如今来，感觉却大不一样，想念一座座坟头下的一个个故人，他们带给我温暖，我明白了为何上坟的另一个说法叫作“暖墓”。他们都还是当年的模样，一点儿没变，一个个都在亲切地看着我，招呼着：回来了！一个笑着说：知道你回来，村子里的路，昨天刚刚铺了水泥啊。

爷和婆的坟地在我们村东，舅爷和舅婆的坟地在他们村西，在世时两个村挨着，连着地畔种地，下世了也挨着，没事了走动走动，说说话，他们还是亲家。

建设背着打药机子，老远就喊：姑！我母亲就说：你给啥打药呢？建设说：一点儿油菜！这时两个上了年纪的男女过来，母亲赶紧上前几步：进学哥！进学哥这下看清了：哦，回来好，回来好，谁谁、谁谁都回来了！他一连说了几个名字。母亲和那个女人说话：姐你看着精神很！她皱笑：谁强都没病强，七十了，也不行了，就跟药亲！她是进学他姐。

他们会把母亲回来的消息传遍几个村子。

蚯蚓和蚂蚁——大地艺术家

一块土地，平整光滑，镜子一样可照出人形。地皮上有蚯蚓吐出的土，螺丝状，下面泛白，最上一层却是黑湿，下旧上新，似乎还在底下辛苦松，辛苦往上送。蚂蚁也学蚯蚓，钻个小洞往出运土，土质细密，一圈匀称置放围绕在洞口，衬托得那个小洞更小而黑幽。我抽空很有兴致地欣赏了这两件小小的大地艺术。

玩土

我儿子在一边玩土，堆成一堆，说，我做蛋糕呢。又喊，奶奶，你给我烧水去。我母亲就笑，奶奶到哪儿给你烧水？又说，奶奶你给我取凳子去。儿子堆成土堆后，把口里正吮的糖吐出来，点在土堆尖尖上，说，蛋糕好了，谁过生日，吃吧。

几个村里妇女围在一起，笑：你看看娃，在城里没见过土，这回稀欠的，玩美咧！

在老家盖一院房子在城里梦

村里有个在外公干的人，最近回来正大兴土木盖房呢，子侄们就说，叔，你这样劳神费力的，在老家盖个房又不住，这是何苦呢？

他神秘地说：咋，我就想盖，我有用！

子侄们就又逗他：那你干啥用呢？

他说：我在城里睡觉，用来梦呢。

对联话

我正开车，手机响了，是一个首长打来的。我说，我正开车呢。对方却没有停的意思，说：那我说你听。我很快听清，他的结婚介绍人去世了，这个人叫敬宗，革命工作了一辈子，退休后回到故乡高明镇。他要亲拟亲写一副挽联，既不能太雅也不能太俗，自己想了几副，感觉不美，笔墨都准备好了，想让我临阵修改一下。我说，那你赶快发来。一会儿短信出现在手机上：退养高明乃高明，尊祖敬宗挽敬宗。

我看着确有提升的空间，就边开边想，改动几字，让妻子发过去：进退高明高明一生，尊祖敬宗敬宗千古。

首长回：此联意境高妙，绝对震动乡绅！

父亲又讲了一件对联的故事：过去老家附近，某部队演习，炮弹落在一户人家，穿房而过，首长们吓了一大跳，到跟前见炮弹幸好没有爆炸，心才放稳，指示啥话别说，赶紧先给老乡盖房。房起之日，鞭炮齐鸣，大红对联贴门上。上联：忽闻空中一声响。下联：三间草房变瓦房。横批：喜从天降！

砖修电视

屋里桌柜上架一台电视机，一个孩子正看得认真，叫他他也不吱声。不知什么原因，电视屏幕上忽然成了雪花花，滋滋闪。孩子就起，嘴里嘟哝，咋了咋了。身子趄到电视机后面就是一阵捏揣，头不时拧回来看屏幕，却还是时真时虚。还是不行么，他嘟哝着就又面朝机子后面去拾掇。 大人进来，一看电视事色不对，也去电源插口处敲打，又去提线，把线提得老高，上下晃动，试验，直到节目全部清晰能看了，就喊娃：快去院子拾个砖去。 孩子就飞快而出，飞快跑回，大人把线稳稳放置电视机顶上，用砖稳稳压住。 孩子坐下，说，好了好了。 又认真看去，叫他他又是不吱声。

搅团

午饭是打搅团，一种面食，还是麦面食，软和，不伤胃。家里男劳力务工回来，双手执擀杖，在锅里来回搅动，稀稠搅成一锅粥，硬软搅出光亮来，总之搅出和谐匀称的饭来。 女主人先坐在锅灶边烧火，水添上，火就着，这是这种吸炉子的好处，后面墙上有烟囱，烟囱越高，吸力越大，对流的空气越强，火有时看似灭了，把火门一闭，火就又呼呼重起了。 村里果树多，树枝树叶就是硬柴，完全可以保证烧个年对年。 火控制好后，她起来，用西红柿炒鸡蛋做下饭菜，还有炒韭菜，随着铲锅刀一阵忙乱，菜香四窜。 许是很久不吃菜，俩孙子闻香不停跑进来，看着菜眼馋，拿筷子要来夹，被她用手一个劲儿地挡开，叮咛着要先紧客人吃呢。 我回去时还给割了几斤肉，这时早被女主人用碗盖住，放在了高处。

这时村子里一个女人串门来，人未见声先到：来客了！ 走进厨房说：哦，打搅团呢，好，搅团是好饭！ 女主人说：你进来也吃么。 那女人答：我看还给你摄影呢。 我于是把镜头也对准她，她却慌乱了，边摆手边往门外跑。 我说：跑啥呢，给你也照上俩镜头么！ 她失声说：莫照我，莫照我！ 跑出门去拧个身子就不见了。 门外恰好有个小伙经过，说：呀呀，照风景呢，走，把我公司多照些，给咱也宣传么，和谐社会么。 他所说的这个公司就扎在村子中间，几间房子，全卖果林肥，一年净赚一百万不成问题。

端一碗饭站在阳光下村路上吃完

我先是在屋里坐着吃了一碗，觉得没太够，但再吃一碗似乎又多，去舀，大锅深厚，硬火烧成，新手上场，看不来向端，以为锅里不够，却舀不到底，以为碗里少了，却一下子就舀多了。坐下吃憋得慌，我就端着饭碗到屋外来吃。

正是午后，阳光煦暖，照在碗饭上，饭顿时来了精神似的，喷香热火，感染着我的情绪，一筷一筷地就吃了下去。 辣子红，酱醋香，拥趸着白黄的麦面团，洋溢在青绿瓷碗中，馋人很。 四方的温风吹拂着，四周的花香袭人着，再朝前走，就是大路，偶有人来车往，我东瞅西看，眼界宽广，低头再吃一口饭，真真是胃口大开，不知不觉间，一大碗饭竟然吃见底了。

啊呀，这才叫吃饭，吃完，用袖筒抹抹额头上的微汗，抹抹油嘴，一阵夹杂着花叶香的果林风吹来，舒服，美香，痛快。

这时就觉得城里人聚餐，都挤坐在包间里，推杯换盏，虚情假意，以为有身份，显哥们儿，却实在是小里小气，俗了吧唧。

在自己的家乡老去

驱车回城的路上，路过几排房子，父母说，都塌了，这儿过去是镇里的猪场，咱家每年养的猪都要交到这里，路程远，交猪的人又多，一大早从家走时给猪吃喝饱饱的，快到中午才能排上，猪紧张不停屎尿，人看着心急，一过秤，果然就少了几斤啊。

车过一个村子，一个穿着绿裤子的妇女闪过，母亲说：这像是咱村的掐刺么，原先还是姑娘家的，咋也老了。又过一个村子，看见三个，扛着锨，边说边走，母亲就叹：紫歌姊妹三个，也看她大人了，当年成天在一起耍，你看现在，走路都拐开了！

母亲说：村里人下苦力，风吹日晒，都碎小黑黄的，不仔细看基本就认不得了。迎面给咱谦和着打招呼的，咱也不知是谁！你见没见谁他大人，不知啥情况，可能死了吧，或者还活着呢。

父亲说：不可能吧，还往啥时候活呢！

老兄弟不期而遇在怀念父母的途中

在一个拐弯处，我看见路边一辆车前，站了一人，眼熟，细看却是堂哥，于是惊叫赶紧停车，堂哥也是吃惊地招呼他们车里的人也下来。伯父和父亲，老兄弟俩笑着，相遇在为他们父母扫墓的路上。

吃惊真的不小，两拨人事前没有约定，从两个地方出发，从不同的路线返回，不同的时间行进，怎么就这么巧。外因似乎是乡下路坑洼多，他们的车刚颠了一下，下车检查看有无损伤，而在内里，分明是爷和婆的一场安排，老父母有心，让两个儿子、让孙子、让重孙子们聚聚见见，他们在天上高兴地看着。

一家人，这样凑齐了。

再开车走时，父亲说，我那时在邻村上完小五年级，你大伯从县中回来，到学校来看我，拿了两个柿子，我没舍得吃。第二天，回村路上碰见你爷婆吆大车拾粪，一个拿锨锨，一个提笼子。我把装在衣兜里的柿子，给你爷和婆了。他们笑得呀！

很多年前的事了！

想起刚才，堂哥说，我看爷和婆坟头上有个小洞，赶紧垫平了。

我说，好啊，脉气很旺，不敢跑了，咱爷咱婆保佑，咱们争着干，年年都有好收成啊！

舀一木勺故乡春水浇灌我的初心

我在一场春风中驱车朝故乡驶去

风头风头，那么风在我的前头，拉风拉风，那么是我在拉着风奔跑，风驰风驰，那么是风在前后左右地吹着我奔驰。我顾不了这些了，即便我回不了我老家那个院子，我也想近距离更近距离地靠近它，那么这个不远的邻村便是最好的选择。她从这里农转非出去，她在最近的城里一住多年，等她将两个儿子供养到长大成人，奉送到异地他乡后，她觉着自己忽而就老了，她给自己寻思着踅摸着退路——退路就是来时路，从哪里开始，从哪里结束，没有谁能逃脱得掉。

她回到村子里重新翻盖了房子，她趁着自己腿脚还能跑，隔三岔五就回到这个房子里转转，不厌其烦，虽然距离不远，可总是有一段距离呀，但她不厌其烦，老想着回去，每次回去也没有什么要紧事，但是不回去她心慌。最近的一次是她往院子里前门上栽了十几棵树，这些核桃树柿子树便成为她的念想。她在城里睡不着，在屋里待不住。晌午饭时她给我母亲说想要回去给树浇水，想除掉院子里的草，却犯愁那一截子路呀，我顺势就接上话茬说这有什么难的，我开车送你回去。我不知道自己怎么说出这一句，事实上我还有很多事情要做。我总是忙碌，忙得心亡，忙得庸碌，可是闲静下来却又心惶惶，可是那一刻，我不知道是风帮我说出的，是水帮我说出的，还是土帮我说出的，总之呀，红口白牙是我主动请缨应下了这一场差事。在我看来，风呀土呀水呀其实都是一回事，那大地上所有的生物都是一回事，那些花呀开得都差不多，那些树叶呀长得也都相似，总之在那一刻，是万事万物，也是我的内心在强烈地向我申告：主人，回去一趟吧，我早已干渴得厉害，你也早已干渴得厉害，回去吧。哦，上帝，那么好吧，你叫我主人，我早已奔波得六神无主，惶惶不安，那么好，此刻就让我遵从你的召唤吧，让我擅自做上这一回主，开回老家去。

咥饭

我在村子里疯走，村子里没有多少人，多少年了，好像一直就没有多少人，似乎总是这样空空荡荡，安安静静，谁来了都一样，谁去了也都一样。其实呀，也正是我见多了人一时不习惯的缘故。

那么仅有的人们都去了哪里？还在村里的都在地里深处，更加年轻的一茬人都去了城深处——这个中年男人蹲在门口吃饭，他接上了我的话茬。我说都下午两点了吃的什么饭，他说农村人么有啥准点，饿了就吃，困了就睡。他端着一碗凉面，几筷头就吸溜得精光，站起来回屋前他说，给你倒些水么，我说我不喝，抬头看他们瓷片门额上写着横幅“贵在自立”。他们很快零整完锅碗，出来锁了门下地。女人在前面默默走了，穿件红毛衣，扛着小锄头，提个塑料水杯。男人在后面远远跟上，一肩扛个老镢头，另一只手开着小拖拉机头。我说这是什么呀，他说是旋耕机。我说这和我过去看的都不一样了，怎么变矮小了？他说那以前是旋庄稼地，现在是要松果树下的地土呢，不变不行么，与时俱进嘛。

他说完就呵呵笑了，慢慢地走远，慢慢地也就变小了，走到路头，往地里一拐，就变成了地里的一棵树，把他的女人花唤过来，顺势开在最高的枝头。

看花

变小了的还有架子车，过去一人高，现在一拃高，或许已不叫了架子车，那么是运果车么，紧贴着地面爬行，不会妨碍到最低的枝叶。一个戴眼镜的男人拉着小轱辘车从村道上过，他明显是要去给人家送一袋肥料，小小的娃顺便也在车上坐着，紧紧抓着袋角，娃还没有完全褪掉棉袄，脸蛋上还有冻伤的红痕，正在风里慢慢缓和过来。父子俩慢慢走过去，一会儿慢慢回来，肥料没有了，娃还在车上坐着，男人跟娃商量说，去你爷家跟羊耍么？娃奶声说，我爷把羊卖咧。这男人说，哦，卖咧，啥时把羊给卖咧，咋又卖咧？之后都不吭声。走到自家门前，门两边墙上，新画着幼儿园图案，他站在那儿停住车，让娃进门去，自己两边对比着看一会儿，扶扶眼镜。他给自家门口栽一棵松树，外墙边围拥几丛青竹，村道地里各种树已经很多了，可是多了这几样松竹，却多了几分雅气几分韵致，他让孩子们能早早在槐树桐树桃树梨树杏树苹果树等等之外，见到松树和竹子，这就显现出了他的见识来。此刻他往上捋捋头发，捋去头发上的草叶，又掸掸裤腿上的土，看到上身的西服皱巴，他拉扯整齐。他转身进到路对面那个被桃花杏花守候着的茅房去，旋即出来，一身轻松地看花，鼻尖快要凑到一瓣花蕊里，嗅，又卸下眼镜，用衣襟擦去镜片上的灰尘，戴上，站在那里静静地看。没有谁去惊扰他，安宁祥和的小空间小氛围里，他一看就是好多年，他肯定是看出了不一样来，他肯定同样也想起了很多事情。在他面前，是一下一下的，一朵一朵的，花容焕发。那重重心事，花不说，我也不问。

叫狗

我从水渠上出来，斜插进另一条村道里。有狗看着我，开始不叫，我看了他一下，他却叫起来了，我就不再看他，他便叫得没有意思，但是一时也没有要停下的意思。我没事闲淡地走，走过他一会儿了，想着他可能已不在，装作不经意地回头一看，他却不远不近地在道边跟遛着，叫声其实基本已经减弱，但是我这么一看，似乎是吓着他了，却又像要熄灭的火堆碰见了一股风，他得到了鼓励，他躁了，竟然猛劲地又叫了起来。我正要弯腰摸瓦片吓唬他，这时一扇门一开，一个女人出来，指教狗说，叫啥呢，叫啥呢，再叫把你屎割了。狗便跑开，去追另一条狗，没到几分钟便追了尾，缠绕在一起。这女人似乎看见了我，又给后面相跟出来的人说，哟，还真有个生人。我便不再吭气。却想那狗，一定跟另一条狗说，能幸福一回是一回吧，你没听见刚才那娘们呀说那狠话？她自己舒服了或者不舒服了，却出来拿我们撒气，那好吧，让我们眼气她一回，你看这春光正美。这狗说着就对身下的另一条狗使了几下劲，那条狗就看到前面地里的桃花，一下子都敷到了自己脸上，那桃花的香，一直窜进心肺里，让她整个儿骨麻骼酥了。

救美

我拧身而走，不再打扰它们的好事。我即便做不到成人之美，也一定要成狗之美呀。有多少人正让时间白白流去，最起码这两条狗，还懂得惜时如金，未负春光呀。

眼光提起，却突然隔着几重山墙看到谁家院子里，有一树梨花开得素艳，就想起梨花院落溶溶月来。屋檐门楼亮亮黄黄，却也繁繁馥馥，我看到的应该是最顶层的几枝花吧，感觉她们是冲破了好多藩篱好多帷帐，硬跳出来的。是谁被锁在那个深院里吗，是她感受到我走过来的信息了吗？是她在那里举着花要向我传递某种信号吗？一跳一跳想跳得尽量高些，希图引起我的注意。是的，我看到了，她已跳到我的眼光里，我将用眼光英雄救美，我必须把她解救出来，释放出来，超拔出来，让她的美绽放在更广阔的空间，让她的香播撒进更广大的人群。她是那样的靓颖，那样的活泛，那样的健康，那样的纯净，那样的自信潇洒。这一片子房舍，不，这一个村庄，不，这一片城乡，不，这一方天地，不啊，这宇宙，这洪荒，这千年万载，都在围绕着她团团转，都被她带动得激情起来，在风中旋舞起来，甩掉包裹，丢盔卸甲，脱胎换骨，露出风华，细细溜溜地跳跃出一个新的自我，充满着希望的、鲜活的、灵动的、梦想实现的自我。

药舞

有好些人家，门是开着的，偶尔也能看到一半个人，坐在院里吃烟，一根烟能吃几十年；坐在院里纫针，一根线穿过去用了十几年，穿过来又用十几年；坐在院里看书，一页书老是翻不过去。

一个老人就坐在门道里，忽然心慌慌，阳气还没有上来，他是脾胃两虚，一个痉挛，胃便不能酣畅地疏解完，一个受凉，胸腔里就结个疙瘩，急扑急挖地呼不出拉不下；眼见着人多了，一时却又气短得坐立不稳。他穿得厚了，一动是满身的汗，他在盗着自己的汗，他穿得薄了，又觉着凉气噌噌地爬升，一时心里就有些不舒服。他不知道这是怎么了，去中医那里号脉，却又没有什么大毛病。

此刻他的儿子在院子里支俩砖慢火熬药，却盯着方子念：党参、黄芪、木香、远志、酸枣仁、大枣、元肉……熬半天把药罐子熬裂了，又满村借个罐子重熬，老人就气了，你能干啥，光能吃！他却也不恼，这次熬好了，滗到瓷碗里，愣愣地瞅着热气。老人喊，你又瓜盯着看啥呀？他说，我看药在跳舞！等一曲舞罢，药凉得喝不成，又落老父亲一阵埋怨，他也不恼，去热热药，又坐在那里看药舞！

一个收音机里放着秦腔，几百年了，那个折子戏，一直都还在酸耳热心，老生周仁一直没有回到府上，小娘子未开言来珠泪滚，泪还没有来得及落在地面上，就被桃花梨花遣一股风接去，挂在自家脸蛋上。两个女人坐在门墩上拉话，一个说，快清明了吧，一个说，往年这时候花都开繁了。看见我过来，再也不说话，就在那里干坐着。干干地坐着看我，从一条路走来。

正对路的一家大门正中，却挂一片镜子。前面走的人看了一眼，似乎软塌塌地就要被摄入那面镜子中去。一时忌讳，遂避开。

寻娃

这时谁家娃娃在叭叭拍门，拍几下没人应，突然就慌张大哭，一个女子就起来：牛牛，甭哭了，你妈到地里去了，先到姨这里来。娃却哭得更厉害，把鼻涕糊得满脸，抹得满身。这时，一个女人骑着车子过来，离老远就喊：七姐七姐，见我碎仔了么？七姐说：莫见么，咋又跑了？这女人就骂：把他妈给日了，成天寻了娃了，我就想让谁开着车时停下，把那货往车里一塞省心！七姐说：快别那么说，那样你再喊大喊妈都没人应了。这女的一撇腿，蹬车又拐去另一街了。这时一个女人穿个碎花格子小袄从村道上走过去，走到中途，急急又折回，还没走两步，又转身碎步而走，呼儿嗨哟地打几个来回，不知她要干什么，却把门檐下几个女人闪耀得更加眼花缭乱了，一个就嘟哝：这嫩嫩的水活滴，我还真以为她有事，原来是穿了这一身花衣裳要装娃呀显摆呀！另一个接话：是呀，烧包成啥咧，去树地里转么，去跟花花比比么，看还能找见你不?!

美羊

我本要从一个巷子拐到正街上去，却远远地看见巷子口卧了一只狗，它也是远远地看着我，没有起来的意思，没有叫嚣的意思，能感觉那眼神傲傲的慢慢的冷冷的，似乎说你往过走呀，放胆来呀。我没有那么大的胆，就先是怯了，径直再朝前走走，快走到村边上。这里有三两户人家。走到最靠边的一家门前，我在一堆柴后突然看到了七八双毛眼眼。嘿嘿啊，在那柴火和檐墙搭成的空间阴凉处，卧着一堆羊，美丽的羊，善良的羊，大的三两只，小的四五只，这时齐刷刷都停下咀嚼，看着我，或许只几下就看出了我的善意，神情不再惊慌，身体纹丝未动，嘴巴又开始咀嚼，有几撇小胡子一抖一抖。

呀，善良的羊，看谁都是好人，眼前都是青草。呀，美丽的羊，是卧在地上的梨花，而梨花是爬满树的奴羊，是飘满天的云，而云是漫天散养的羊，是洒满大地的光，而光是到处悠游的羊……我站在这村子的边角回望，看到整个村庄都在旋转，都在互换，都在彼此之间濡染，沾溉，浸润，醍醐。呀呀，无论从哪一个角度去看，都能看到一切，无论看到了谁，都是看到了大家，无论想到某个具体，也无不是考虑到了全部。呀呀看呀，什么不是一群羊，什么不是一朵花，什么不是一滴水，什么不是一地树……哎呀呀，那树呀，都是我，是回来的我，我是回来的树。我和树一样干渴，树等着城里的主人回来浇灌，我从城里把自己带回村来，等着复苏的土地滋润。

太阳哗的一下像水流出来了。水哗的一下像花绽放了。花儿们哗地像树一样盛开了。而树叶们闪动时，则是一河明晃晃涌动的波浪。树叶稍静时，则像此刻的我一样愣头青，扎根春土中，沐浴春阳下，惬意在春风里，滋养在春水里，觉得自己就是春阳了，就是春风了，就是春水了。

湿地

这一家外面是果园，地上刚刚浇了水，一块块方格田里湿漉漉的，水慢慢渗下去，变成湿黄黄的，在阳光下，干干净净地新鲜。土地明显是新翻过的，杂草明显是除掉净尽的，如同新嫁的妇人，不沾染一丝渣滓。地面湿黄，梁畔干白，树枝返青，春阳载途，无比美丽。那些树的枝条都被一块块砖瓦维系着，树枝上还没有花开，整个树枝做成一朵花开的形状，那些被拽得过狠的枝条下，却又有一根细木支撑着，支撑出一个最恰当的形状，向着天空怒放。我看见地头一棵柿树上，有几瓣去岁的柿子蒂，它们厉害呀，硬是撑过了一个冬天，此刻兀自悠闲地挂着，在春天的阳光下，开成朵朵花。地上，紫花地丁，眨着小小的蓝精灵之眼，闪闪烁烁，好奇地盯着黑黑的柿子蒂嘿嘿乐。

飞鸟

春风在吹着，却基本感觉不到它在吹，但是那早开的花芽，就有几片缤纷落下，那长空中，就有着飞机声隆隆闪过，那附近的某个地方，就有着钟声响过，当——当——，一会儿却俱无。又感觉眼目下的某处，一直有着细流滴滴，以为幻听又不是，去四下里寻找，终于在拨开一丛草后得见，是那样的一小撮水，却怎么样也流不尽，用脚揩去石板上的干泥，是“国家农业综合开发礼泉县农发办”的字样。水下面的小窝里，一掬水清清亮亮，而不远处的河道中，泥片个个已经卷起，随时要听从呼唤，腾空而去。一群喜鹊呱呱叫着，从壕地的林中飞跃出来，似乎还在为着某个话题争论不休，突然看见我站在那里，一个个突地愣怔，一个来不及刹闸，差点撞在另一个身上，一群鸟随即就紧急迫降在我前面的一片地里，待慌慌张张地站稳，看到我早已在那里笑得不亦乐乎，她们一个个也瞬间喜不自禁，重又聒噪一团，一只翅膀早已奓起，跳到最高的枝上，似乎还朝着我这边指指，是要把难题交给我来评判么，快别价，我连人的事情都处理不好，这鸟事还是算了吧，于是轻移脚步，抓紧离开这块鸟地呵。

劈柴

村子里多的是柴。果树上折下的枝条，在地里烧不尽，就拉回来，堆在屋檐下，大门口。家家门口，一堆堆柴摞起老高。柴是财呀，水生柴呀。水是税呀，税已退呀。靠村边一家的柴堆上搭着女人的红色秋衣裤，红棉袄，孩子的虎头鞋，娃的尿褯子，红红地红在日头下，也是一朵朵的花开。女主人似乎想着这里没有多少人来，故而放胆去晾晒，却不料想被我这个城里的边缘人转来看到，心里忽地滋生一阵暖热，感觉这一身最薄的冬装也快要背不住咧呀。

阳坡上，一老人坐在一块木桩上，挥小斧子在面前一块木桩上使劲地砍柴，新鲜的柴味，热烈的柴味，在渐渐烘起的空气中弥漫，越漫越远越热，他就脱了棉袄，只穿一件秋衣，甩着膀子，似乎在说，看呀，我呀，又熬到了一个春天。

阴面的巷子里，一个少年也在那里劈柴，时而回头看看劈过的柴，时而轻轻叹息一声，转头来手下一使劲，把一根柴劈得蹦起来老高，他就朝天上看着，看那根柴掉下来，柴都掉下来好久了，他还在那里看着。那柴就在一堆柴里喊着，你还看呀，看啥呀，我在这儿呢！这孩子不再看天，也不看那根柴，重新又去劈面前那堆没完没了的柴。

从明天起，做一个幸福的人，喂马，劈柴，周游世界。脑子里自然蹦出这几行诗句，却忽然就觉得轻飘多余，遂噤了口，兀自离去。

打药

突然地天阴了下来，远远望去，壕地对面的坡上，忽地起了一股烟雾，如同一个妖孽吞云吐雾，如同两个妖孽打斗不休，如同三个妖孽神出鬼没。正在分辨不清迷幻至极时，太阳突然又闪了出来，而那团疑惑也随之忽地闪将出来，这下看清了，是一个人在给果树打药。他戴着草帽，戴着口罩，背着亮绿色的打药机，长长的莹白的喷杆，喷嘴鲜红，喷出来一大团绿色的雾水，播散的面积很大。我举起手机远远拍他，他抽空朝我这边看几下，手舞足蹈的，丝毫未停。是呀，他的举动已然远远超出一个农人，倒很像是一个诗人，像是一个画家，正在那里创作，思绪飘飞，思路花雨，在裹挟着他前进。他举起喷头，忽上忽下，忽左忽右，他要将整棵树都照顾到。是技术么，也是艺术呵，他是爱着这些树，所以也不觉得劳累，阳光下，整个大地上，只有他一个人在那里尽情地挥洒，那样率性，那样自由，那样酣畅淋漓。午后，房屋，大地，阳光，春风。一切都服务着他和他的树。在他的眼前，那些突起，早已枝繁叶茂，那些苞芽，早已花团锦簇，那刚刚醒来的一树一树，早已硕果累累，丰收在望。而转个角度再看，他又似乎在那里搓澡，给每一个枝干都冲到洗到，把那些站了一冬的角角落落，枝枝杈杈，骨节缝缝都洗到，不留一点儿风尘、污渍和疲累，直到洗得清清爽爽，灿然一新，亮亮丽丽。而在地头，他的水色女人正在那里一边经管着药水，一边整理着水渠，两大塑料桶的石硫合剂已经调配好。不急，不急，源源不断的资源在供他调遣，再供他写意。

一个老汉，哐哐地骑车过来，老远就喊他的名字。他沉浸在创作中，没有听见，他的女人帮着回应，原来是外地有人来村里收东西，老人过来通知。听说已经卖了，他就又急急地骑上车，穿过一片正在起身的油菜，去前村报信儿。

道边的一片空地上，一缕荒烟，被煽呼起来，跟自行车朝前跑了几步，忽然觉得没自己啥事呀，又灰溜溜地回来，在原地有聊无聊地慢慢烧着。

风声

这时村庄里但凡有一两个人说话，声音就会传出去好远，再私密的话，也会被春风偷听，窃取，而后调声，扩音，加大，变粗，吹远。让树听见，水听见，花听见，狗听见，鸟听见，飞机听见，等等都听见，但是呀这春风却又使了一花招留了一小手，她在中间又加了萃取，加了提纯，加了转换，加了几分消音。总之她有的是小心思，她偶尔会偏离航道，改变方向，让你忽地听不清，瞬间忙音，或者短路，或者断弦，让你着急，听得不浑全，又急于更想去听，却又显得并不那么能轻易地躁动。春风在不断地拂动着你的脸面和周身，天气也没有到红热的时节，大地逐渐酥软，风力也不大，刚睡醒的睁开眼皮的土也起不来。在这清纯时刻，一切都还是刚刚好，刚刚好，制造着连连绵绵的小惊喜、小浪漫、小清新、小意趣呀。

你们谁敢动我的树，看我不撵到你家的炕角角去。

娃们笑着一哄而散。

姨，你咋回来了？

我给我的树浇水么。

哎呀，你还要你那些树干啥？

谁不要自家娃呢。到时结核桃结柿子，给你们吃呢。

看你不值当的，可怜的，还跑这么远的路。你打个电话，我给你一浇么。

哎，我娃有这话，姨心里烫润呀，你们都忙忙的，不敢打搅，再说，谁猴要谁耍呢。咦，你咋没到地里去？

不干了，干那些能耍呀？

靠不了能歇下，你勤谨的，把活儿作务得那么好，能舍得省下你的劲？

浇水

风有一下没一下地捎给我几句，虽然断续，我大致上还是听连贯了。一路上她一直在操心水，等回到村里，她远远看见邻家的门开着，就说好啊有水了，脸上一时也就有了水色。当初她盖房时就在院墙上预留了一块砖头大的窟窿，这就不仅是凿壁借光，更是凿壁借水啦。此时一根管子通过去，邻家接上水龙头后拧开，这一边水就突突突地蹿出来了，很快注满两个瓷缸，注满两个铁桶，太阳恰在此时出来，打射到水面上，唰地滋生一个光点，长出两个翅膀。

她提起铁桶，用木勺舀起一勺勺的水，细发儿地绕圈儿倾倒在树坑里，木勺转着圈，她转着圈，要把所有的干坷垃都浇上。滋滋滋滋的一顿声响，那是泥土在欢唱，咝咝咝咝的又一顿点赞，那是树根在回味。啊呀呀，多么及时，多么解渴，多么润心，多么亲。心田一下子活泛了，枝干一下青绿，芽苞一下鲜嫩，如果有花，定然一下就会水艳艳了，从炎炎中清醒，从恹恹中振奋，从奄奄中重生一般，活脱出来，幻化起来，一扫暮气，一去叹息，一了相思之苦，一解寂寞之围。这滋滋声传出去好远，这咝咝声钻下去好深，让满村的有树苗的人们都听到，更要让满地有主人家的树木都听见：哎嘿呀，我和你们一样了，我也有人关照，有人护佑了，而且那水里，还有主人从城里带回来的她平日里积攒下来的各种油，所以它不是简单的水呀，是油水呀，所以它也不是更简单的肥水呀，它饱含着她的浓浓情意呀。在她一早去买菜的当儿，在她接孙女上下学的当儿，在她抱着孙子坐摇摇马不舍得花钱只让孙儿自己在马上摇头晃脑的当儿，在她给爷孙们做饭的当儿，在她晚上躺在床上全身劳困半宿睡不着的当儿，还有还有，还有在她想起两个在外地工作的儿子不知咋样的当儿，一定一定，她也想起了在村子里的她的这一院三间砖瓦房，想起了院中门外这十几棵她新栽的树苗苗——她想着这些树苗苗，会不会被风吹歪，会不会被车撞倒，会不会被羊啃掉，还有，会不会被谁划伤，会不会被谁偷走，更或者，会不会被渴死——她分明听见了树在叫她，分明在她刚刚能浅睡一会儿时，又听到树在呼喊，她就忽地醒来，在凌晨的暗黑里呆坐，呆坐，她给自己说，我要回去，我要回去，天亮了一定要回去——此刻，树看着她，看她弯腰，端着木勺舀水，看她直起腰杆，头上顶一方丝帕打药，怎么看怎么都觉得，她真真是一个活菩萨呀。树爱戴她，理解她，树和她的心相通，她想念树的那些感情，树都能感觉到，树就依靠着她留下的手温，靠回忆她的说笑，靠遥感她的念想而坚定地站着，坚强地存着，坚硬地活着。 这些树苗呀，知道自己不像村里其他的树，生来有人天天照面时时照顾，树知道大多时刻，得依靠自己独立，得依靠和周边几位兄弟互相联手，互相打气。 在最深沉的夜里，树说，挺住吧兄弟们，要等到主人下次回来，要让主人看到我们都好好的，怎么没有艰难，怎么没有困苦，怎么没有危局，怎么没有险要，怎么没有生死存亡系于一线，怎么没有啊，可是既然天生如此，我们便免不了要比别的树承担更多，面对更多，自行应付更多，但还好，最终都会化险为夷，逃回生天！ 每次，每次平安后，当他们终于放下心来，吐出一口气，当他们在村子沉睡，月华满天聊天夜叙时，他们也由衷地感喟这还是得益于主人的庇护呀，是主人当年留在村里的德行，是主人这么多年延续的余温在发酵，在帮助他们度过一个个苦厄啊。当那些黑手伸过来，那些贪念一生，那些恶心一起时，它们其实是感受到了些许震慑的，它们分明看到主人的脸面，它们回想起和她有关的种种交道，回想起她给过的多少恩惠，它们纠结半天，往往最后良心发现，就收手了，就转意了，就远离了。啊呀，多好呀。而且种在院子里的树和种在大门外的树，所面对的人事大不一样，而最后皆能保全自身，这多亏了她的护法呀。此刻，树在尽情地喝呀，要一口气把所有的水都喝下去，最后实在撑得不行了，树摸着肚皮说，好了好了，吃饱了，喝胀了，我不仅跟村里所有树一样了，我简直跟皇上一样了，说完，就对着她痴痴地笑，在那里咯咯地吐出一个个水泡，让几个孩子打趣，等孩子伸手要来捉弄时，就又快快渗下去，可又生怕孩子失望，于是紧急供出一片新鲜的泥巴，让孩子们去抠下捏弄摔响，让孩子们出出彩，开出满院子的嘻嘻哈哈。

我转回来时，看到这一些欢乐，顿时也手脚痒痒，就把脚试着往树坑里踩，明明还有一些些距离，却感觉树坑里什么东西在故意拉我，一下沾染一脚泥水，白惹孩子们笑，白惹得树苗苗们，又腾腾而起一阵笑话，娃娃们和苗苗们，他们在此刻，俱是得到了大乐趣呀。等孩子们玩得尽兴了，爽气了，她最后用锨铲土培起树坑，盖住保湿，埋藏下这两三个小时的欢乐，让小树和树边的人们久久念想。她在那里自言自语：自家屋子是要自家管呢，别人谁操那个心，原来让老叔就在那儿住着，我就开玩笑说看把你老死在这屋里还成我的事了，后来儿子就把老汉接走了……这些话说得我母亲心里一紧，是呀，我母亲说：我们的老院子一直还在那里撂着，我们总是不能回去，我和他爸腿脚不好，眼耳不灵，镇上到村里，那么长一截子路，发愁走不回去。没有车是多么不方便啊，娃们家又那么忙，只能等他们抽空回去。我母亲继续说：我们家院子都是构树，都是飞鸟拉下的种子，我们没有人去扫，没有办法，它就长那么多了，不知道灭草剂能除掉不？如果不行，就用片斧砍掉……我在一旁听了，就故意朝村道两头东张西望，但我心里是暗暗下了决心了，再忙也要抽出时间，带着父母回去一趟啊。

时间不早了，我准备告别这青的，轻的，清的风，挥手这正的，整的，蒸的气了。小树似乎看懂了什么，摇晃着身子，背过脸去。“把药瓶子扔到土壕里，不要让娃看到。”她在最后给门挂上一把锁时，回身这样叮咛。“走了，我过几天再回来。”她拔下钥匙时，不知给谁说了这么一句，对万物，也对自己，更对那些树。树说，你走吧你走吧，你放心地走吧，我们会长得安安全全，健健壮壮，我们会等到你下次回来，我们会等着和你的下一次下下一次见面，那些天天死守城隍庙的待在一起又有什么好呢，看多了疲劳，见多了厌倦也是有的，所以那些经常无微不至地照看也出不了材的多的是呀。就让我们有期待吧，有梦想吧，有憧憬吧，就让我们在这里为你看家护院吧，让我们为你留守存念吧。你是我们的眼，我们是你的梦。那么，就让我们，在这人海中，在这树丛间，在这天地里，在这城与乡的返返转转的空隙，来来回回的夹缝，常常地长长地怅怅地，互相牵挂与慰藉吧。

那么，下一次吧，我想，下一次，等我的心田感到些许干涸，腿脚渐呈萎缩之态时，我会再次回来，会常回来，我会站立在我的村庄我的院落里，膏一膏油，吹一吹风，醒一醒脑，接一接气。再浇一浇心呐交一交心……